砂義出雲

Illust
かるかるめ

隣の部屋のダ天使に、隠しごとは通じない。

The Fallen Angel in the Next Room Already Knows What's Hidden.

The Fallen Angel in the Next Room Already Knows What's Hidden.

CONTENTS

第三話『学園は踊れど、天使の心は躍らない。』より

第四話『少女には、自分より大切なものはない。』より

隣の部屋のダ天使に、隠しごとは通じない。

砂義出雲

MF文庫J

口絵・本文イラスト●かるかるめ

プロローグ × お祭りでも、天使の羽は隠さない。

「……ょうがくん。冥賀くん」

神社に向かう道の少し先から、僕を呼ぶ声が聞こえる。

顔を上げると、西日に照らされた彼女の金髪が、いつもより輝いて見えた。

「あ、やっとこっち見た」

ペネメー・リドルリドルは天使の少女だ。

比喩ではなく、文字通りの意味で。

「ペネさん、僕またぼんやりしてましたか？」

「うん、ひどかった。ＦＸで有り金全部溶かした人みたいな顔してたよ。こんな」

そう言いながらペネさんは口を開けてだらけた顔をしてみせる。

「実演しなくていいですから」

「…………ねえ冥賀くん、やっぱりまだ怖い？　お祭りに行くの」

気が付くと、僕の足は道の真ん中で止まっていた。

「いえ、そんなことは――」

「あ、それとも」

ペネさんは、前屈みになって、僕を下から覗き込んできた。

「浴衣を着てるわたしが普段より綺麗でドキッとしてる？」

なんだかどこか、蠱惑的な表情で。

「な、なに言ってるんですか」

僕は裏返った声で否定しながら顔をそむける。

でも正直なところ——それは完全には否めなかった。

いつも家にいる時のペネさんは、白いキャミソールの上に桜色の『着る毛布』を被って生活している。暑いときも寒いときも、健やかなるときも病めるときも。僕の部屋と一枚壁を隔てた隣の部屋で寝ているときも、おそらくその格好をしているのだろう。

そんなだらけたモードのペネさんが脳裏に染みついているだけに、浴衣を着たその姿を見ると、改めて目の前の少女はとんでもない美少女なんだなあ、と認識させられてしまう。

ペネさんの浴衣の柄には、薄い水色の生地に赤い花模様が散りばめられていて、とても艶やかだ。

＊　＊　＊

夏の夕暮れはまだ蒸し暑く、僕らの肌にじんわりと汗を浮かべさせる。

「わー、きれい」

夏祭りの会場である神社の入り口に着くと、色とりどりの提灯(ちょうちん)が仄光(ほのひか)って僕らを出迎えてくれた。人出もそれなりにあるようだ。僕たちだけじゃなく、周りの人たちも、ほとんどが浴衣を着ていた。

「あんな事件があったばかりなのに、みんな浴衣着て楽しんでるね」

「事件があったからこそじゃないですか。ほら……冠婚葬祭……じゃないか、ハレの日。そういうの人間にはやっぱ大事なのかなって」

すぐに日常が壊れるからこそ、みんな特別な日を大切にしているのだろう。

なんせ今は、人間がいつ悪魔に殺されるかわからないご時世なのだから。

「あ、冥賀(みようが)くん。ヨーヨー釣り！」

ペネさんが指を差したそこには、水の流れを循環させるビニールプールを構えたヨーヨー釣りの屋台が出店していた。

「いらっしゃい、一回百円だよ」

頭の禿(は)げ上(あ)がったおっちゃんが、僕らにそう声をかける。

「やりたいの、ペネさん？」

「……うん。だから——」

「お店の人との交渉は僕の仕事ね、はいはい」

「さっすが、わたしの外交担当！」

極力人と会話したくないペネさんの代わりに、他の人と話すのが僕の仕事だった。

この役割があるからこそ、僕たちはバディになったとも言える。

「すみません、一回分やらせてください」

「あいよ」

そして、お金と引き換えに僕らは釣り糸を受け取る。長い紐の先端には鉤フックがついている。ヨーヨー釣りの常套として、水につけるとこの糸がちぎれやすくなるのだろう。

「ペネさん、どうぞ」

「よっし！　普段からゲームで鍛えてるわたしの指捌きを見せてやる。わたしはゼルデンリングだって初期装備でクリアした天使だよ、こんな単純なゲームならなおさら――」

ペネさんはしゃがみこんで、意気揚々とプールに糸を突っ込む。僕も、合わせるようにその横にしゃがんで、同じ目線で景色を見る。

真剣な顔でヨーヨーを凝視するペネさんの横顔が、彫刻みたいに綺麗だ。だが――

「わーー！　ちぎれた！」

引き上げようとした瞬間、糸はすぐにちぎれてしまった。指捌きを見る暇もなかった。

「あい、残念でした」

おっちゃんは、それだけ言って、ペネさんから釣り糸のカスをひったくるように回収する。

「……冥賀くん。ここサービスでヨーヨー一個くれるとかないんだね」

「不景気だからじゃないですか」

「世知辛いよー」

「……さて。次はどこへ行きましょうか」

僕が立ち上がったその時。

「――待って、冥賀くん」

ペネさんが突然、僕の浴衣の裾を引く。

「……どうしたんですか？」

「あそこ。泣いてる子供がいる」

ペネさんが指差す方向に目を向けると――

「ママ――――！　どこおおおおお！」

浴衣を着た、小さな女の子が一人。泣き喚いて母親を探しているようだった。

＊　＊　＊

「どうしたの？　迷子？」

僕たちは、腰を屈めながら子供に話しかける。

「ひっく……ママと……はぐれちゃった……ママ……」

そう言いながら、子供はペネさんにいきなりぎゅっと抱き付く。

「わ……！」

ペネさんは一瞬だけ動揺してから——

「よ……よしよし……」

おずおずと子供の頭を撫でた。どうやらペネさんの人見知りも、泣いている子供相手なら多少は緩和されるらしい。

「……こ、怖かったね。独りぼっち、寂しかったね」

「うう……ひっく……ひっく」

だが、子供はなかなか泣き止まない。

「……そうだ。ねえ、いいもの見る？」

「え？」

するとペネさんは浴衣の下——背中に折り畳んであった白い羽を、袖口からちらり、と女の子に見せる。

「ほら。お姉ちゃんね、実は天使なんだ」

「わ……！　本物の天使さんだ！」

その行為によって、子供の動揺は少し落ち着いたようだった。

「もう大丈夫。お姉ちゃんたちが、きっとお母さんを見つけてあげるから」

「……ほんと？」

ペネさんの宣言に、僕は追加する。

「うん。この天使のお姉ちゃんは——そうだな」

僕は、何て言おうか少し考えてから答える。

「名探偵、なんだ」

「すごい！　こなんみたいな？」

「そうそう」

厳密には捜査官だが、ペネさんの仕事を考えるとあながち間違ってもないだろう。

「冥賀(みょうが)くん、たぶんこの子、人波に流されてはぐれちゃったんだね。だったら、元いた場所からの人の流れを逆に辿(たど)っていけばいいと思うんだけど……。ねえ冥賀くん、この子さっきまでどこにいたか聞いてみてくれない？　あと何か食べてないか、とか」

そして、僕は女の子に尋ねる。

「ねえきみ、さっきまでどの辺にいたかわかる？」

「わかんない……あちこちにあるいたから……」

「じゃあ、ここに来る途中で何か食べなかった？」

「うーん……たべた気がするけど、わすれちゃった……」

「それも忘れちゃったか……困ったな」

すると、ペネさんが女の子の手をそっと握る。

「ね、よかったらちょっと、お姉ちゃんにお手々広げて見せてくれない？」

「うん……」

ペネさんは女の子の指を広げていく。

「あ、冥賀くん。これ見て」

「何かありましたか？」

「……この子の掌に、細長くて赤い跡が残ってる」

「ほんとですね。これは一体——」

ペネさんは、にっこりと微笑みながら、自分の掌に指を一本載せる。

「冥賀くん。これはね、一本の割り箸を強くぎゅっと握り締めた跡だよ」

「ああ、なるほど！　っていうことは……この子は、割り箸を使う食べ物をさっきまで食べてたってことですか」

さすがペネさんの名推理だ。

「あ、でも問題は——」

僕は、付近を見回す。

「この付近、割り箸を使う食べ物の屋台が一つじゃないってことですね。わたあめ、りんご飴、チョコバナナ、イカ焼き――。しかも位置もバラバラだ」

するとペネさんはふっふっふ、と不敵に笑う。

「冥賀くん、観察力が足りないなあ」

「え？　何が……」

「ほら。この子の浴衣の袖口、見て」

そこには、茶色いシミのようなものがついていた。

「ペネさん、これ――」

「例えば、割り箸を刺した食べ物を手に持ってて、そこから醤油ダレみたいなものが垂れると、この位置につくよね。ってことは、さっき挙げた中で条件に合う屋台は――」

「あっ！」

僕とペネさんは顔を見合わせて、声を合わせて言った。

「「イカ焼きだ！」」

僕たちは、子供の手を引いて、イカ焼きの屋台の方へ向かって歩いていく。

するとほどなく――

「あっ、ママ――――！」

女の子が満面の笑みになり、一人の女性に向かって駆け出す。

「……みほ！」

女の子は、母親らしき人物に抱き付いた。

「ああ……あなた方がこの子を見つけてくれたのですね……ありがとうございました」

母親は、僕たちに向けて慇懃に頭を下げる。

「あっ、い、いえ……そ、それほど……たいしたことしたわけでも……うへへ」

急に大人に話しかけられて、しどろもどろになりながらぎこちない笑い方をするペネさん。でも、どこか誇らしそうだった。

それから――女の子は僕たちに手を振る。

「ありがとう！　天使で名探偵のお姉ちゃんと助手さん！」

「……うん。ばいばい」

ペネさんもにこにこ笑って手を振り、僕たちはその場を離れる。

「はー、いいことすると気持ちいいね、冥賀くん」

「……そうですね」

「来てよかったね、お祭り」

「……本当にそう思います。無理矢理にでも連れてきてくれて、ありがとうございました、ペネさん」

「……うん！」

ペネさんは、僕の顔を見ながらまた大きく微笑んだ。

――今から一ヶ月ほど前。

ここと別の夏祭りで、悪魔の仕業により五百人ほどの死者が出る事件があり、それに僕たちは深く関わっていた。

そもそも、一体なぜこの世界に天使や悪魔が現れるようになったのか。

そして、この天使で名探偵であるペネさんは、なぜ僕の家に住むことになったのか。

それを説明するために――この物語は、あの日、僕と彼女の出会いの日から始めてみようと思う。

第一話×人見知りの天使は、呼び鈴を鳴らさない。

世界が変わるのには一晩あれば充分だ、なんてことを言ったロックスターがいたらしい。
まったくだ、と思う。
僕たちの世界は、三年前を機にがらりと変わってしまった。
そう、あの感染症が世界規模で流行したことによって。

感染症の名前は――『ＭＯＶＩＤ(モービッド)』。

『ＭＯＶＩＤ』はMObius VIrus Disease(メビウス・ウイルス・デイジーズ)（『メビウスの輪』状ウイルスによる疾患）の略だ。それを引き起こした新種のウイルスは、『メビウスの輪』のようにねじれたタンパク質構造を持つことが特徴だった。

この未知のウイルスに対する免疫を、当時の人類はほとんど持っていなかった。

致死率はおよそ90％。悪夢の感染症は世界中至る所で猛威を振るい……あっという間に世界人口は当時のおよそ半分にまで減ってしまった。

幸いなことに、三年経(た)った今では特効薬が発明され、人口の減少とウイルスの新規感染は食い止められた。

だが、その爪痕は今も社会に根深く残っている。

学校や職場がオンライン化されることによって、人々の孤立は加速した。それに伴って少子化、飲食店の廃業、福祉の崩壊――人々の不平不満は高まっていった。

隔絶された相互不理解の世界の中で、都合の良い世界観に閉じ籠もった者もいる。領土を求めて、戦争を始めた地域もある。

それもこれも――きっかけはあのウイルスだった、と言えないこともないのだ。

そして、そのパンデミックをきっかけに、僕の身近な世界にも大きな二つの変化が起きていた。

一つは――僕が『世界一嫌われている高校生』という通り名で呼ばれるようになったこと。

それからもう一つは――

この世界に、天使と悪魔が姿を現すようになったことだ。

＊　＊　＊

ブーブー。ブーブー。

枕元でスマホが震える音がする。

「うーん……」

僕は大きく伸びをして、薄目を開けた。

部屋にある壁掛け時計は、朝7時を指していた。

普段学校に行くのと同じ時間だ。だが、今日は休日のはず。

つい習慣で目覚ましをかけてしまっていたのだろうか？

昨晩は、休日前ということで遅くまで——深夜2時頃まで漫画を読んでいたから、この時間に起きるのは中々つらい……。

そう思って身体を起こし、スマホを手に取ると、その瞬間バイブは止まった。

「あれ？」

今のはもしかして、目覚ましではなく、スマホに通知が来ていただけ？

画面を点けてみて理解した。

メッセージアプリの未読通知が201件来ている。

「……多いよ、真理亜」

そのほぼすべてが全寮制の高校に通っている妹、真理亜からのメッセージだった。

だいたいのメッセージ内容をダイジェストにするとこんな感じ。

【消灯時間になったので、お布団の中からこのメッセージを書いています】

【兄さん、もう寝ましたか？　起きていたら遠慮せずお返事くださいね】

【私はあと十数えたら寝ます】

【眠れなかったので二十に延長しました】

【どうしましょう、スマホの画面を見ていたら逆に目が冴えてきました】

　それはそうだろう。

　続き。

【今日は、ネットで兄さんを誹謗中傷してる輩を見つけたので、レスバして勝ちました】

【それなんかソースとかあるんですか？って言ったら勝てました】

「そんな論破王みたいな方向性で人生いいの、妹」

　そして、メッセージは終盤に向かい、時間の間隔がだんだん広くなってくる。さすがに真理亜も眠くなってきたのだろう。

【……眠くなってきたので寝ます。最後にサービスで自撮りのブラチラ写真をお送りしますのでご自由にお使いください。おやすみなさい、兄さん】

　そこでやっと力尽きたのか、メッセージは途切れていた。わずか3分前。今までずっと起きてたんだな。

「……まあ、寂しい思いをさせてるのは、申し訳ないけど」

安全のため、真理亜(まりあ)を全寮制の高校に入れ、僕をスケープゴートとして使うことは、僕も含めた親族全員の総意だった。

僕たち一家が『世界一嫌われている家族』になったあの時点で、顔写真が世間に流出していたのは父と僕だけだったから。

「あとで返信しておくか」

ちょうど眠気も取れたので、僕は階下へと下りることにした。

我が家の一階、窓側に面した居間に入った僕は、すぐに異変に気が付く。

ほのかな肌寒さと、かすかに笛が鳴るような音がぴゅーぴゅーと聞こえる。これは……どこかから隙間風が入っている？

「……え」

そこで足元に目を落とすと、畳の上にスパンコールのような光がきらめいているのに気が付いた。そして、そのすぐ近くには、拳ほどの大きさの、丸みを帯びた石がごろりと転がっている。

「ああ……またか」

僕は頭を抱える。よくある嫌がらせだ。

おおかた、夜中のうちに投石されてガラスが割られたのだろう。

犯人さえわかれば、警察にも動いてもらえそうなんだけど、なかなか証拠が掴めなくて困っているのだ。

「監視カメラとかつければいいのかな……でもそれもすぐ壊されそうだし」

僕は散り散りになったガラスを見つめて、大きく溜め息を吐く。

「……片付けなきゃなあ」

そう思いながらも、気が重い。

ガラス代もバカにならないのに。

「……あれ？　なんだこれ」

その時、妙なことに気が付いた。

投げ込まれた石に、黒ずんだシミのようなものがついている。

「……汚い石だな」

こいつの家には汚い石でも投げておけ、ということか？

「はあ」

僕はいったん深呼吸して、向き合わなきゃいけない片付け作業から現実逃避するために、リモコンでテレビの電源を点けた。

テレビでは、今では、日常になってしまった――『悪魔犯罪』についてのニュースを報道していた。

新たな悪魔犯罪が発生しました。

被害者の遺体は九つに分割されて——鉄塔の先端に刺さった状態で発見されました。

状況から警察は悪魔犯罪と認定。よってこの事件には、『グリゴリ』の天使が捜査に当たっています——


報道されていたのは、悪魔による通常では不可能な犯罪。

超物理的な能力による、人類への一方的な蹂躙（じゅうりん）。

「ほんと世の中、物騒になったよな」

誰に言うでもなくつぶやく。


三年前、パンデミックによって人口が半分になった直後の世界に起きた変化は、誰にも予想のつかないものだっただろう。

天使と悪魔の登場。

ある日突然、世界中の報道陣に向けた記者会見が二つ行われ、天使と悪魔の両代表が、それぞれの会見で自分たちの存在を世間に公表したのだ。

その会見で明らかになったことはだいたいこんな感じ。

この世界には、人間とは異なる『天使』と『悪魔』と呼ばれる存在が実在する。その二種をまとめて人間外の存在、『天上存在（セレスティアルズ）』と呼ぶ。

天上存在たちは元々『天界』と呼ばれる人間たちと別の次元に住んでおり、天使は背中に二枚の羽、悪魔は尖（とが）ったツノが頭部についているのが特徴。

そして、天上存在たちは、自分たちの生命力の源として、天使なら人間の「信仰」、悪魔なら「畏怖」のエネルギーを利用している。

つまり、人類の数が半減したのは、彼らにとっても看過できない生命力の減少、ということだったのだ。

そこで、天上存在たちは長年の不文律を破り、地上に姿を現すことになった。

悪魔たちは自分たちへの「畏怖」を集めるため、できるだけ残忍な方法で人を殺したり、苦しめたり、特殊能力を用いた『悪魔犯罪』を行うようになった。

それに対して、悪魔に対抗できる能力を持つ天使たちは人間の警察と協力し、「信仰」を集めるためその捜査に当たるようになったのだ。

この変化に、世の中は大混乱になった。突然、わけのわからない存在に生命を脅かされるようになったのだ。当然だ。

だけど——すぐに人々は慣れてしまった。『天使』と『悪魔』がいる日常を、現実として受け入れるようになった。

不思議なことに、どんな特異な状況でも、時間が経てば人は慣れてしまう。きっとそれは、人間が生きていくために自分に課す、心の麻酔のようなものなのかもしれない。

＊　＊　＊

さて、現実逃避は終わり。とにかく割られたガラスの掃除をしなければ。

僕は重い腰を上げ、サンダルをつっかけて庭に出た。そこの物置に箒とちりとりが置いてあるはずだから。

と、外に出たそこで、僕は見つけてしまった。

玄関の前に立っている不審者の姿を。

「……なんだろう、あの娘」

金色の髪をした一人の少女が、うちの前を行ったり来たりうろうろしている。

髪型はボブ……いや、前下がりショートボブとかいうやつか。切りそろえられた襟足が、後ろから前に向けて長くなっている。その内側には、ちらちらと緑のインナーカラーが覗いている。

衣服は、異様なことに――どう見ても上着ではなく桜色の毛布を被(かぶ)っている。前で留める用のボタンや袖がついている、いわゆる『着る毛布』というやつだ。少女は前開きのそれを、まったくボタンを留めずにラフに着こなしている。その下には、キャミソールのような薄手の服を着ているのが見える。

身長自体はそんなに大きくなく、全体的に小動物のような印象を抱かせた。

……朝から嫌がらせにきた人か？

いや、それならああやってうろうろしているのはおかしい。

ゴシップ誌の記者……？　にしては挙動不審すぎる。その時、少女がぶつぶつ言っている内容が庭先からでも幽(かす)かに聞き取れた。

「あと3分……3分経ったらピンポン押す……ぜったい」

少女は懐からスマホを取り出して時間を見る。

「落ち着けわたし。できる……よどみなくできる。わたしはできる女。なんでもできる女。できすぎて何もする必要ない女」

まるで必死に自分が行動しない言い訳を探しているようだった。

そんな様子を観察しているうちに3分はとっくに経ったのだが。

「……いや。やっぱ3分はやめよ、きりが悪いし……。今8時45分だから、あと15分経ったら行くことにしよ。9時。うん、これは確定。3分も15分も誤差だし」

少女はまたぐるぐるとそこらを回り出した。

3分と15分は結構違う気もするが。そして時計が進み、9時になっても少女はいまだにぼんやり立っている。それからまた、わざとらしくスマホを取り出した。

「あー、9時1分になっちゃった！　しょうがない、きりが悪いからあと59分経ったらピンポン押そう。せめて日が暮れるまでに――」

永遠に続きそうだった。

さすがに声をかけたほうがいいかな、と思って――

「あの、すみません。さっきからうちの前でなにを……？」

「ぴえっ!?」

僕が声をかけた瞬間、少女は飛び上がっておののいた。

「え、あっ、あの……その……」

少女は後ろ手に壁をつき、怯えたような表情を見せる。

あわあわあわ、と口元が波状に泳いでいる。

「あっ、えっと、みょ、冥賀春継くん……ですか？」

少女は僕の名を呼んだ。

「……そうですけど」

なぜ初対面からくん付けなのかはわからなかったが、そんなに悪い目的でいるわけではないのだろうか。

「あ、あの、わ、わわわ、わたしを見て、何か思いませんか？」

少女は慌てつつも真剣な様子だ。

「いきなりそんなこと言われても……。あ。その毛布」

「もーふ!?」

なぜか、少女が目を輝かせて聞き返す。

「着る毛布ってやつですよね。夏なのに暑くないんですか？」

僕の受け答えに、少女はなぜか少しがっかりしたようだった。

「あ、そ、そう、ですよね。そうですよねー！」

奥歯にものが挟まったような受け答え。すると、少女はくるりと踵(きびす)を返し――

「ひっ、人違いでしたああ――――っ！」

泣きながら走って去ろうとした。

「えっ、あの、ひ、人違いじゃないですけど！　ちょっ……」

僕が叫んだ、その瞬間――

「ぴぎゃ!?」

少女は足がもつれたのか、いや、自分が着ている『着る毛布』を踏んづけて、盛大にずっこけていた。

「ぐぶう！」

そのまま、びたーん、と路上に打ち付けられた……。

「あ、あの、大丈夫ですか……？」

僕がぴくぴくしている少女に近づくと、少女はぷはあっ、と浮上するように起き上がる。

「うう……ふえ……」

乱れた少女の髪が風に浮いて、僕は改めて至近距離からその顔を眺める。

こうして見ると——作り物みたいに整った顔だ。

最初に思ってしまう。アイドルみたいにかわいいな、この子。

そんな雑念を振り払い、僕は倒れている少女に手を差し伸べる。

「あ、ありがとう……ございましゅ……」

少女は、ゆっくりと僕の手をとって立ち上がった。

「えっと……すう、はあ」

息を整えてから言う。

「すみません、少々テンパりまして……」

「い、いや……」

そんなことないですよ、とは言えなかった。結構なテンパり具合だったから。

その時、僕は少女の身体のそばに妙なものが落ちていることに気付く。

長さ二十センチぐらいのそれは――羽根だ。

鳥類のものでは確実にない。

「それ……」

「あ、羽根、落ちちゃいました？　あの……わ、わたし、天使なんです。そして、あなたに会いにきました」

「え……？」

少女は、くるりと背中を向けた。すると、毛布に開いていた二つの穴から――ばさり、と大きく翼が広がる。

「えへへ、ほら。本当でしょ？」

驚いた。

羽は、少女の背中に「直接」生えている。

テレビで聞いていたとはいえ、本物の天使を見たのは初めてだった。

「あっ、そうだ、名乗らなきゃ……。わたしは『グリゴリ』の捜査官――ペネメー・リドルリドルと申します」

そういえば、さっき朝のニュースでも言っていた。『グリゴリ』。悪魔犯罪を捜査する天使たちのことだっけ。

「あ、待ってください。名刺代わりに今、わたしの羽根をむしってお渡ししますので」

「いや、羽根だけ見てもアイデンティティ確定しないですよこっちは。それで、ペネメーさん、一体なんの用で……?」

「あ、わたしはあなたのことを冥賀(みょうが)くんと呼ぶので、わたしのことは、ペネちゃんとかペネさんとか、そんな感じで呼んでください」

「……じゃあペネさんで」

「えへへ……。よろしく、冥賀くん」

いきなり気安かった。まあ、いいけど。

「ええと、わたしネットで見て……。その、冥賀くんの顔写真と……雑誌の記事を」

「ああ、あの記事」

おそらく、あれだろう。

僕のことを『世界一嫌われてる高校生』と書いて、顔写真まで載せたゴシップ雑誌がこの世に存在するのだ。その記事はあっという間にあちこちのまとめサイトにも転載されて、デジタルタトゥーになってしまった。僕の顔は、ちょっと行儀の悪いサイトを見に行くような人なら、高確率で見たことがあることだろう。

「ゴーゴルマップで、『世界一嫌われてる高校生の家』って打ち込んだらここの住所が出てきたのですぐ来れました」

「人権とプライバシーの蹂躙(じゅうりん)がすごい！」

ていうか、そんなことになってるんだ、うち……。それが、家に投石や落書き行為が絶えない理由か。

「わたしインドア派で、ネットとゲームが趣味で、毎朝起きて2時間ぐらいは布団の中でネット見てるものだから、冥賀(みょうが)くんの顔見つけちゃった時ビビビッと来たというか、それはもう運命でしかなかったというか……」

少女は一気にまくしたてる。だが、目をまったく合わせようとしない。時々一人でツボに入るのか、えへへ、と笑うことがある。

こうして話していると、初対面でもわかることがある。

どうやらこの子は、人と話すのが得意なタイプではなさそうだ。あまりよくない言葉で言えば、いわゆるコミュ障というか……。

「それで、できれば、助手になってくれたらと思って！」

「ん？」

何か聞き逃した？　僕は眠気覚ましに目頭を押さえる。

「ん？　待って、話が見えないんですが」

「あ、冥賀くん、『待って』って女の子っぽくてかわいい……」

「いや、どうでもいいから。もうちょっと詳しく聞かせてください」

「その、わたし人間とたくさん話さないといけないんですが、初対面の人間と話すのが苦手で……わたしの代わりに人間との会話、聞き込み、報告書の執筆……あ、あと可能なら掃除炊事洗濯などやってくれる助手がいてくれたら嬉しいなーと思ってたところなんです、ふへへ」

少女は気持ち悪い表情でまた笑った。

「はっ、わ、わたしきもかったですか⁉」

少女は、不安そうな目で僕に尋ねる。

実際問題、言動はほんの少しそうだったが……顔の大部分はかわいいのでそこまで不快ではなかった。

「いや、そこまでは……」

「ふへ、よかったあ」

少女はしまりなく笑った。

「で、えーと」

僕はここまで来て確信した。

「ここからどんな嫌がらせが始まりますか？」

「え？」

「要点が掴めないんですけど、たぶん、天使といえどペネメーさんも目的は他の人と同じなんですよね？　うち、基本的に嫌がらせしてくる人以外訪ねてこないから」

「え、そ、そんな、わたし本当に悪意なんてなくて」

ぺネさんはしどろもどろになる。

「今朝だって、ほら」

僕は、割れた窓ガラスを指差す。

「石が投げ込まれてガラスが割られてげんなりしてたとこなんです」

「はえー？」

ぺネさんはぽかんとしている。

「あのガラス、石が投げ込まれて割れて……？」

「いつものことですよ。寝てるうちに。だけど……犯人はわからない」

「……むむむ」

少し悩んでから、ぺネさんは何かに気付いたようにわかりやすくハッとする。

「あっ！」

「……どうしたんですか？」

「あ、あ、あ」

何か言いたげだ。

「あっ、あの、わたしが……その犯人当てたら、信用してくれますか？」

「……え？」

「わたしの仕事と特技、推理、なので。い……いわゆる、その」

ペネさんは少し恥ずかしそうに言う。

「め、名探偵、みたいなものと思っていただけたら……」

名探偵。そんな言葉、ミステリ小説や漫画の中だけでしか見たことない。

「あっ盛りました。推理が趣味のゴミ天使、あたりでも大丈夫です……ふへへ」

そして急に卑屈になるし。

「それで、あの、わたしをちょっと家に上げてくれませんか？　犯人、推理してみせますので」

「……え？」

どうしよう。

でも嫌がらせだったら、もうとっくにしてる頃だろうか。

いったん信じてみる、ことにする。

「……どうぞ」

「やったー。じゃあ、庭から上がらせてもらいます」

そして、ペネさんはてとてと、と窓に向かい、靴を脱ぐとしゃがみ込んで床を舐め回すように観察する。

「ふむー、これが投げ込まれた石ですか。天使の羽って、こういう時にべんり」

そう言いながらペネさんはそれを器用に羽にくるんで摘み上げる。手袋代わりに使っているのか。

「ええと……あっ、やっぱり」

そして、うむうむと納得している。

「えっと、冥賀くん。一つ教えてほしいんですが、昨晩は何時に寝ました？」

「……漫画とか読んでたので、深夜2時ぐらいです」

「その時には石が割れた様子はなかった？」

「……ええ、はい」

「おおー！　そしたら解決！　えへへ、わたし、やっぱりすごいなあ……」

ペネさんはニヤニヤとしながら、また一人の世界に入ってしまった。

「あの、何がなんだか……わからないんですが」

「あっ、はい。犯人、わかりました」

「……え？」

石を見ただけで？　あの一瞬で？

「ちょっと待ってください、どういうこと……」

「冥賀くん、ここを見てください。石に……黒い汚れがついてます」

「あ、確かに、さっきもありました」

「これを……親指で拭ってみると、汚れが取れて親指に移りました」

「ふむ」

「つまり、これは——比較的新鮮なインク、ということです」

「石にインク……？」

「あ、もう犯人、わかっちゃいました？」

「……え？」

なんで今の会話でそうなるんだ。わかったのは石にインクがついてたことだけだろう。

「いや、全然……」

「あー、しょうがないなー、名探偵ペネメーさんの解説の時間かー」

嬉(うれ)しそうにペネさんは言う。

「いいですか。冥賀くんが、深夜2時頃に寝たということは、石が投げ込まれた時間は、深夜2時から朝5時までの3時間。そこが犯行可能時間帯です」

「え、なんで朝5時までになるんですか？」

「朝5時にはわたしがもう玄関の前にいたからです！」

ペネさんは胸を張って言った。

「…………」

僕が起きてきた時にはもう2時間以上あそこで逡巡してたってことか。ドヤ顔で言うことではないような気がする。

「さてさて。では論理的に考えましょう。事件が起きた深夜から明け方にかけて、この付近を歩いていて、手にまだ乾いていないインクをつけている人物像と言えば……？」

「…………？」

察しの悪い僕の回答を待たず、ペネさんは答えを言う。

「答えは……新聞配達員です！」

「新聞……ああ、なるほど！　石についていたインクは……『新聞に印刷されていたインク』が手に移ってたってことですか！」

「その通り。犯人は、新聞配達のついでに手頃な石を投げ入れたのでしょう！　これが名推理。どやー」

ペネさんはドヤ顔で勝ち誇ってみせる。

「なるほど……あれ、でも待ってください」

「ん？」

僕は頭に思い浮かんだ懸念点をペネさんに伝える。

「……この地域、新聞配達員、二人いますよ」

「えー」

ペネさんは退治したと思っていた虫がまた出てきた時みたいなしかめっ面をする。

「ちなみに、それぞれどういう人……」

「ええと……一人目は地元新聞店の社員の配達員で、中年男性ですね」

「身長は？」

「結構高いと思います。体型は痩せ形で……180センチぐらいですかねえ。で、もう一人が、学校に通いながら新聞を配達している苦学生です。女の子だったかな。身長は150センチくらい――」

僕がそう言った瞬間。

「ああ、よかったー。問題なしです。解けました」

ペネさんは再び勝利を確信する顔をした。

「……え!?」

今の会話だけで!?

と動揺している僕をよそに、ペネさんは改めて散乱しているガラスのそばに寄る。

「ほら、見てください。落ちてた石とガラスの破片の距離がそんなに離れていません。これはつまり……石が、あまり勢い良くは投げ込まれていないということです」

僕は脳内で物理演算を試みる。

「確かに……石を勢い良く投げ込んだら、もっと遠くに落ちてるはず……ですね」

「また、斜め上から投げ下ろして入れたとしても、この石は丸い。だから、もうちょっと遠くに転がってしまうはず」

「……ということは」

「この石が投げ込まれたのは、ちょうどこんな感じにギリギリ届く――」

ペネさんは、ボウリングするみたいに、腕を下から上に回してみせる。

「下手投げ、山なりの軌道で投げ込まれたということです」

「あっ――！」

そこで僕もやっと気付いた。

「新聞配達しながら石を投げるなら、身長が高い人はわざわざ屈(かが)んでは投げない……。つまり、犯人は身長があまり高くない――勤労学生の子の方か！」

「その通り！」

「く……勤労学生ってなるとなんか捕まえにくくなっちゃったな……今度姿を見つけたら、注意だけしておこう……やめてくれるといいなあ、いたずら」

しかし……石一つ見ただけで、ここまで犯人をズバリ当ててしまうとは。

まるで――シャーロック・ホームズのようだ。

さっき、自称したこともあながち間違いではないのかもしれない。

すなわち……このペネさんは、天使にして名探偵なのだ。

「どやー」

ペネさんは再び嬉しそうに胸を張っている。

「で、それで冥賀くん、わたしを助手にするって話、どうですか？　わたし、いい感じにやってみせましたよね？」

ペネさんは人差し指を突き合わせてもじもじしている。

「え、それとこれは別っていうか……いきなりでなにがなんだか」

「えええええ！」

すると、いきなり、まったく違う場所から第三者の声が聞こえてきた。

「まったく、ペネメー、あなた事情もきちんと説明できていないのですか？」

僕たちは振り返る。

窓の向こう、玄関の前。そこにいたのはまた新たな人物だった。

金髪碧眼。身長も180センチぐらいありそうな長身。

大きく胸元のはだけたローブの横から、羽が左右に伸びている。なにより、全身からほんのりと神々しいオーラが出ているような気がする。その両手や首元には、指輪やアクセサリーがいくつも飾られていた。

ペネさんと違って、一目でわかる。これこそ……天使、という神々しい風貌のイケメン男性だった。

「ど、どちらさま……」

「ああ、失礼しました。私……こういうものです」

男性はつかつかと歩いてきて、慇懃（いんぎん）に礼をしながら名刺を手渡してくれる。

「……天使長シェムハザ」

「グリゴリの司令官。ペネメーの直属の上長にあたります」

「しぇ、シェムハザ天使長！　わたし、ペネメー任務遂行中であります！」

「……できてなかったでしょう。とにかく……冥賀春継（みょうがはるつぐ）さん。少し、お時間取って話させていただけませんか？」

＊　＊　＊

シェムハザさんは、居間に正座してお茶を飲んでいる。

そして、その横で心なしかペネさんがしゅんとして座っている。

「突然、ペネメーが押しかけて申し訳ありませんでした。こちら、天界からの手土産、ということで……」

シェムハザさんは、何か四角い箱をずずい、とテーブルの上に押し出す。

「あ、ご丁寧にどうも……」

シェムハザさんからもらった箱には、『天界名物！天界まんじゅう』と書いてある。

天界、なんか想像以上に俗っぽいな。

「おおまかに、天上存在(セレスティアルズ)についてはご存じですよね？」

「ああ、はい……」

「『悪魔犯罪捜査機関グリゴリ』。それが我々機関の正式名称です。我々は悪魔が起こす犯罪を解決して回る立場の天使でして……。そちらで言う、警察のような存在と思っていただいて構いません」

ぺネさんと違って整理して話してくれることのありがたさを噛(か)み締(し)める。

「そして、三年前にあなたが『世界一嫌われている高校生』となった理由も、我々は把握しています」

「……それは」

「ＭＯＶＩＤ(モービッド)と呼ばれる感染症のパンデミックを引き起こしたウイルス……それを世界に流出させたのがあなたの父親……なのですよね」

「……そうとされていますね」

僕の父親である冥賀喜三郎(みょうがきさぶろう)は、日本の関東地方にあるここ、宝木原(ほうきばら)市の細菌研究所で働く研究者だった。

この研究者……父が、研究所での待遇に不満を覚え、会社にテロを起こすつもりで、ウイルスを保有する実験中のモルモットを故意に逃がしたことが世界規模でのＭＯＶＩＤ流行の始まり——今では、それが定説になっている。


事実確認もそっちのけに、父は逮捕され、収監された。

世界を悪夢に叩き込んだ大罪人。人類の敵。

父は一晩で、そんな言われ方をする男になってしまった。

そして——『人類の敵』である冥賀喜三郎、その家族である僕、冥賀春継も『人類の敵の息子』であり、同罪ということらしかった。

刑務所の塀に守られている父と違って、僕には身を守るものはない。

週刊誌やインターネットは、プライバシーなど存在しないかのように僕の私生活を暴き立て、先述の雑誌みたいなものが発行され、ＳＮＳは僕に対する誹謗中傷の書き込みで溢れた。

妹の真理亜は身を守るため、苗字を変え、全寮制の学校に入学した。

かくして、僕だけがいまだに『世界一嫌われている高校生』として迫害を受けている——それが、現在に至るまでの経緯、なのだが。


「端的に言えば、社会的弱者の救済も我々天使陣営の重要な仕事でして」

「はあ」

「あなたを何とかした方がいい、という声が天界の上層部でも上がっていました」

どうやら僕は天界公認の可哀想な人になってしまっていたらしい。

「そこでどうしようかと考えていたところ、別のところでも問題が発生しまして。こちらのペネメーに、助手をつけようという話が持ち上がったのですよ」

「助手？」

「はい。グリゴリは、事件を推理する『推理班』と、実際に悪魔を捕縛する『捕縛班』に役割を分けて、一週間に一件程度の事件を解決しています。ところが、このペネメーは推理班にもかかわらず」

シェムハザさんはキッとペネさんを睨み付ける。ペネさんがびくりと身体を震わせた。

「もう一ヶ月も、事件を解決できていません。どうやら、話によると――」

「し、知らない人と話すの、できなくて……聞き込みとかできなくて……じ、事件の捜査に支障が」

「……ということらしいのです」

「はあ……」

「上流で仕事が滞ると、全体が滞るんですよ！　迷惑極まりない！」

シェムハザさんは、怒りに任せてバン、と机を叩く。ペネさんがびくり、と身体を震わせる。湯飲みがピョンと跳ねて、お茶が飛び散る。

「おっといけないいけない、緑茶が零(こぼ)れてしまう。もったいない」

シェムハザさんが落ち着きを取り戻してずずず、と緑茶をすする。

「かくも困った、落ちこぼれ天使なのですよ、このペネメーは」

言われながら、ペネさんは一ミリも納得してなさそうな顔……。

『怒られが発生』ぐらいの理不尽さは感じていそうだ。

「……怒られが発生」

小さくつぶやいた。本当に思ってた。

「そこで、本来はこういうことはないのですが、捜査に助手をつけようという話になったのです。が……天使は人員が手一杯で困っていたところ、ペネメーが一冊の雑誌を持ってきまして」

あの『世界一嫌われてる高校生』の顔写真が載った雑誌か。

「どうせならこの人間を助手にしてもらえないか、と。冥賀(みようが)さん、あなたとなら話せそうとのことですし……」

「な、なぜ……？」

「わかりませんが……嫌われている者同士でシンパシーでもあったんでしょうかね。しかし、確かにあなたが助手になっていただければ、世間の敵とされているあなたの名誉を回復する機会にもなり、一石二鳥です」

「そうなのかな……」

「もし、あなたが助手を引き受けてくださるなら、天使の政治力で、あなたの立場を向上させてあげましょう。今より平穏な暮らしを保証できるかもしれませんよ」

僕は少し考えてから、答える。

「……お断りします」

「え？」

すっとんきょうな声を上げたのはペネさんだ。シェムハザさんは、うむ、と納得する。

「……そうですか。まあ、無理強いできるものでもないですね。ニュースでもご存じの通り、平然と人を殺す悪魔に人間が立ち向かうのは危険が伴う仕事でもあります」

そして、シェムハザさんはペネさんに向き直る。

「では帰りましょうか、ペネメー」

「ま、まって……」

「ん？」

「ま、ま、まってくださ――い！」

ペネさんはいきなり大声で叫ぶ。

「……ペネメー？」

戸惑うシェムハザさんを置いて、ぺネさんはどたどたと近寄ってきて僕の手を掴む。

「わ、わたし！　助手は冥賀くんじゃないといやなんです！」

「ペネメー、我が儘は……」

シェムハザさんが窘めるも、ペネさんは聞かずに僕に切々と訴える。

「わたし、人見知りで、誰ともうまく話せなくて、みんなからいらない天使って言われて……。要するにわたしつまはじきで、そんな時に冥賀くんを見つけて、この人なら、うん、この人だから！　つまはじきどうしだから！　わたしたち最強になれると思ったんです！　う、うまく言えないけど……じょ、助手役は！　あなたしかいないんです！」

相変わらず言葉はあまりうまくなかったけれども。その言葉は――僕にまっすぐ届いた、ような気がした。

「わたし、ダメな天使だけど……わたし、冥賀くんとふたりでダメじゃなくなりたいんですっ！　どうか……どうかお願いします！」

「…………」

その言葉を聞いて、僕は考える。そして、ペネさんに尋ねる。

「……さっき、僕、推理力全然なかったけど、それでも役に立ちますか？」

「お、補います！　推理担当わたし、交渉担当冥賀くんで！　ほ、ほら、わたしゲームとか得意だから！　ふたりプレイとかもできるよ！　だ、だから……」

ペネさんは手をぶんぶん振って必死に語る。その姿を見て、僕は——。

「……わかりました」

「……え？」

「さっき、投石事件も解決してもらいましたしね」

「じゃあ……！」

ペネさんの顔がぱあっと輝く。

「ただしシェムハザさん、一つだけ条件が」

「……なんでしょう」

「もし、本当に天使にそういう権力があるのなら——お願いしたいことがあります」

「君の待遇の改善——」

「いえ、違います。ＭＯＶＩＤ（モービッド）事件の再捜査をしてほしいんです」

「……再捜査、というのは？」

「今まで言っていませんでしたが——僕は、ＭＯＶＩＤを世界に拡散した真犯人は父ではないと思っているんです」

「……それはなぜ？」

シェムハザさんの目が少し真剣なものに変わった。

「……釣りの約束をしていたんです」

「ん？　釣り？」

「……あの日、研究所に通勤する朝、父は僕に言ったんです。『春継、今週末は釣りに行こうな』って。だから、父が少なくとも故意にウイルスを世界にばら撒いたなんて……僕は信じてないんです」

そう。僕はずっと父の冤罪を訴え続けてきた。

だが──誰も信じてくれなかったのだ。

だけど、天使の言うことだったら──。

「……ふむ」

シェムハザさんは少し考えてから。

「……いいでしょう。いくつか事件を解決することができたら、お父さんの事件の再調査をする、ということで手を打ちましょう」

「……わかりました」

「それでは──冥賀春継くん。あなたを、正式なグリゴリ捜査助手として任命します」

「やった──！」

その瞬間、飛び跳ねて喜んだのはペネさんだった。

「冥賀くん、それじゃあ……ふつつかものですが……これからよろしくお願いします」

ペネさんが、手を差し出してくる。

「は、はい……」

少しドキドキしながら、僕は、その手を握り返す。

こうしてひょんなことから、僕は悪魔の犯罪を捜査する捜査官の助手——ということになったらしい。

「さて、それでは、今日のところは私は帰るとしましょうか。あ、そうだ冥賀(みょうが)さん、こちらからも一つ簡単なお願いが」

「はい……なんでしょう」

「ペネメーも今日からここに同居する、ということでよろしくお願いします」

「……え？」

簡単なお願い……？　同居？

僕はその意味を認識するのに少しだけ時間がかかった。

第二話 × 密室事件でも、天使は着ぐるみを手放さない。

天使が僕の家に来てから一週間が経っていた。

そう、改めて言うのも変な話だが、なぜかペネさんは僕の家に住んでいた。

「む――――ん、ここの祠、謎が解けない……」

今ペネさんは、僕のベッドの上で、足をばたばたさせながら携帯型ゲーム機……「ミンテンドースミッチ」でカチャカチャと遊んでいる。僕は自分のベッドから追いやられて、机の前に座って頬杖を突いている。

シェムハザさんいわく、僕とペネさんを同居させるのは、緊急時対応のためとか、ペネさんが逃亡しないようお目付役、という意味らしかったが……。青少年の家に年頃の女子を住まわせるというのがどういうことか、天上存在には理解できないのだろうか。

まあ、ちょうど部屋が余っていたこともあり、ペネさんには僕の隣の部屋をあてがうことになったのだが――ペネさんは、なんだかやたらこうして僕の部屋に訪ねてくる。こうも頻繁に訪ねてこられては、まるで部屋の垣根が存在しないみたいだ。ペネさんが寝転んだ後のベッドで僕が眠る夜とか、朝まで華やかな香りに包まれたりして、悶々として仕方ないのだ。……というか、なによりの疑問は、ペネさんはなぜ自分の部屋があるのにわざわざ携帯型ゲーム機を僕の部屋にやりに来ているのか、ということだが。

「……うおー！　できた！」

ペネさんが突然、すっとんきょうな声を上げた。

「……なにがですか、ペネさん」

「えへへー、冥賀くん、ラスボス！　やっと倒せたんだよ」

ペネさんは、上気した顔で僕にゲーム画面を見せてくる。

そういえば、この一週間のうちに、ペネさんが僕に敬語を使うことはほとんどなくなっていた。どうやら彼女は、人見知りするくせに、一度気を許すととことん気安くなるタイプらしかった。

……まあ、同居しているのにいつまでも他人行儀よりはマシ……なのか？

「うーん、超高難易度でゲーマーの限界に挑戦するナゴム・ソフトウェアの新作アクション、ゼルデンリング……期待を裏切らない傑作だった……泣けちゃうなあ……。そういえば、冥賀くんはゲームやらないの？」

「昔はやってましたけどね。ゲーマーってほどじゃないですけど。最近は人とやることもなくなって……」

「あ！　わたしも対人ゲーム全然やらない！　ソロゲーしかやらない！　フレンドいない、フレンドできたためしないから！　うう……なあんだ一緒か……」

ペネさんは落ち込みながら安堵するという器用な真似をしてみせた。

「いや、僕は元々フレンドいたんですけど、僕と遊んでる人に罵倒コメントが飛んできて迷惑がかかるからやめてるだけというか……」

「裏切り者っ！」

「裏切った覚えはないです！　……ペネさん、一ついいですか？」

「はいどうぞ」

「……グリゴリって、悪魔犯罪をする悪魔と戦う集団なんですよね」

「そうだよ。お給料もでてます、ぶい」

「仕事、しなくていいんですか……？」

「…………………」

僕の言葉にペネさんはきょとんとした。

「しご……と？」

なんでそんな初めて聞いた言葉みたいなリアクションなんだ。

「仕事」

「あああああああああ！」

突然、ペネさんはベッドにうっぷして叫び出した。

「ペネさん⁉」

「仕事ぉ……しなきゃいけないんだけどぉ……めんどくさくって、全然動けなくてぇ……」

やっぱりやらなきゃいけなかったんだ！

ベッドにごろごろ転がって悶えながらもペネさんはゲーム機から手を離さない。

「ゲームが！　毎日ゲームが面白すぎて！　この手が！　手が勝手に！」

意志の弱さがすごい。いや、仕事をしたくないという意志が強すぎるのか？　この場合、意志が強いのか弱いのかどっちなんだろう。

「うう……わたしの【明日やれることは明日やれ】っていう座右の銘が、わたしを縛り付ける……」

「そんな座右の銘にするから……。ただの自縄自縛じゃないですか」

「所詮わたしはダメダメ天使……あ、いや、ダメダメ堕天使ですぅ……へへへ……」

ペネさんは今にもカビが生えそうなテンションで僕のベッドの隅に行って体育座りする。湿気そうだからやめてほしい。

ちなみに、ペネさんいわく、『天使』と『堕天使』の違いは「住んでいる場所」にあるらしい。つまり、ペネさんは僕の家に住み始めた瞬間、『堕天使』と呼ばれる条件を満たした、ということらしかったが……。

「……それじゃ『堕天使』じゃなく、『怠惰天使』ですね」

「ぐぬう……く、くく……よし、わかった……」

ペネさんはすう、と息を吸って。

「わたし、やる……！　やってみせる……」

「おっ」

決意に満ち溢れた表情で立ち上がったペネさんは——

「やってるふり、やります！　全力でやってる感、出します！」

「やってる感じゃダメでしょ！　日本人の悪癖だと思いますよ、それ！　天使が真似しないで！」

「うう……でもね、冥賀くん……グリゴリって過酷な職場なんだよ……」

そう言われると、糾弾する気も減ってきた。確かに、凶悪犯罪で人類を殺害する悪魔に立ち向かうなんて、普通の精神状態ではできないことなのかもしれない。

「……わかりました。じゃあ明日からがんばりましょう」

「……え？」

「気持ちを切り替えて、前に進めばいいと思いますよ」

「わーい！　冥賀くん、ありがと——！」

ペネさんは泣きながら抱き付いてくる。

「わ、ペネさん、ちょ、ちょっと！」

そういうことをするから、僕は夜眠れなくなるというのに！

「あ、そうだ！」

すると突然、ペネさんがひらめいた、というポーズをする。

「なんですか？」

「気付いてしまった……。わたし……もう、ソロゲー以外でも遊べるんだ！　ぼっちじゃないんだ！」

「……え？」

「そしたら……今晩はふたりプレイ、やらない？　冥賀くん」

ペネさんは、囁くように僕を誘ってくる。

「……ふたりプレイ？」

「うん。わたし、『オリマカート』とか持ってるし……」

そう言いながら、ペネさんは自分のスミッチをちらちらとアピールする。

「……いいですけど」

「うう……生きててよかった……」

「そこまで」

そういえば、僕も人とゲームをやるのは、ずいぶん久しぶりだった。

これも、ペネさんが来てくれたおかげかな。

「えへへ……ふたりプレイ……たのしみ」

まあ、スミッチをテレビにつなぎながら嬉しそうに笑うペネさんを見ていると、些末なことはどうでもよくなってくる気がするし。こうやって英気を養って、ペネさんも明日に向かうのだろう。

結局その日、僕らは夜遅くまでゲームで楽しんだのだった。

＊　＊　＊

ペネさんはそうして、気分の切り替えをしながら次の事件に向けて英気を養っている。

いつ、事件に向かうんだろう。

そう思っていた。思っていたのに。

その日からまた一週間、ペネさんは何もしなかった。

ただひたすら、ゲームだけしてる。しかもどんどんどんどん、怠惰になっていた。

ペネさんは、あまり家事もしないため、炊事、洗濯、だいたい僕の仕事だ。僕は学校から帰ってくると、二人分の食事を作るのが日課になっていた。

まあ、元々一人でも食事にはこだわる方だったので、二人分作ること自体は別に構わないのだが……。

「ペネさん、ご飯ですよー」

僕がそう声をかけると。

「わーいごはんだ――――！」

どたどたがたがた。（↑テーブルに着席する音）

「うまい！　うまい！　うまい！　うまい！」

カチャカチャカチャ。（↑飯を食い終わる音）

「ごちそうさまでした！」

そして、ペネさんはリビングに戻って、ソファーでぐでんとしてゲームをやる。

「ぐでー」

「……果たしてここまで怠惰になれるものなのか、生き物は……？」

ソファーの上でペネさんはジャイロ機能を使いながら、ぐねぐね身体（からだ）を動かす。

その度に、キャミソールの隙間から脇や下乳がちらちら見えたりして、また視線のやり場に困るわけで。

「ペネさん」

「なあに、冥賀（みょうが）くん」

「ペネさんのその仕事っぷりって、シェムハザさんあたりに伝わってるんですか……？」

「失敬な、こう見えても日報を書いて報告してるんだよ。見る？　ほら」

ペネさんに見せてもらった日報にはこう書いてあった。

○月×日
『やる気、湧かず。朝起きてゲームして夜寝た。』

　僕は愕然とした。

「何も書いてないに等しい……」

　その時。

「ピンポーン」

　玄関のチャイム音が鳴った。

「あれ、来客ですかね？」

「うう……人間こわい……わたし隠れてるから冥賀くん出てー……」

「はいはい。えっと……」

　ソファーの後ろに潜り込むペネさんをよそに、僕は扉を開けた。

　そこには、体格のいい男性――

「ご無沙汰しています」

　久しぶりのシェムハザさんの姿があった。そして。

「何をやっているんですか、ペネメー！」

玄関から家中に響き渡る怒声。

シェムハザさんが僕の家の奥にずかずか入っていき、ペネさんの首根っこを掴みあげる。あからさまに、怒っているようだった。

「ひい！　シェムハザ天使長！」

「あれだけダメじゃなくなりたいとか啖呵を切っておいて、いまだに一向に仕事しないのはどういうわけですか、ペネメー」

「それは……」

ペネさんは腕を押さえる。

「いてて、持病の筋肉痛が……」

「筋肉痛は持病じゃなくてゲームして腕が痛くなっただけでしょう。グリゴリも人員が不足しているのです。ニートを遊ばせておく余裕はないのですよ」

ペネさんは、小さくつぶやいた。

「……怒られが発生」

反省してないなこの人⁉

「……これ以上、冥賀さんに迷惑をかけるようなら、配置換えですね」

「え？」

「天界において、グリゴリ以外で最も過酷とされる部署……凶悪犯罪者たちが収容されている『煉獄(れんごく)』で犯罪者の衣服を取り替えたりする係に回しますが構いませんね？」

「い、いやです！　わかりましたシェムハザ天使長！　わたし、これからはやってる感出していくので……」

「意味ないでしょう。やってる感じゃ」

すごい。僕よりスムーズに正論が出ている。

「ということで、連絡に来たのです。あなたの仕事にノルマを設けることにしました」

「……ノル……マ？」

「一週間に一本。グリゴリとして事件を解決しなさい。できなければ、あなた自身が煉獄行きです」

「えええええ！」

「とりあえず、早速とでも言いましょうか、今日発生した悪魔犯罪の報告が入ってきています。こちらの担当にあなたを割り当てますので、至急——その事件を調査の上、悪魔の出した【謎】を解決、捕縛班に連絡、悪魔逮捕のこと」

「……へい」

「へいってなんですか、その気のない返事は。聞き込みに行かせますよ」

「そんな……ひどい、天使長！　わたしに聞き込みしろなんて……それは『死ね』と言うのと同じです。おしっこを漏らしたらどうするんですか！」

「結構ではないですか。それとも、やはり煉獄に入りますか？」

「ひっ」

ペネさんの怯え方が真に迫っている。ペネさんがそこまで怖がる、煉獄とかいう牢獄、一体どんなところなのだろうか。

「……いやでふ……」

「では、仕事をしなさい。明日からじゃなく、今日からですよ」

「ふぁい……」

そして、シェムハザさんは無理矢理ペネさんの頭を掴んで下げさせ、同時に自分も頭を下げる。

「……冥賀さん、ご迷惑おかけします」

「あ、いえ、そんな……。自分で決めたんでいいんですが……」

ペネさんは手近にあった桜色の着る毛布を翻して身に纏う。

「うう……わかったあ……やるかあ……。冥賀くん、いこ。キルモフもおいで」

僕は聞き慣れない名前に耳を疑う。

「ペネさん、キルモフって誰ですか」

「わたしの着る毛布。着る毛布だから名前はキルモフだよ」

安直な名付けだ……。

かくして、僕たちはとにかく現場に向かうことになったのだった。

＊　＊　＊

「ううう……外久しぶりに出たあ……眩しい……溶けちゃう……」

日差しを浴びたペネさんが、なめくじのように僕にもたれかかってくる。

「この暑いのにそんな毛布着てるから……。脱げばいいじゃないですか」

「これはダメなの、着てなきゃあ……」

そこにはペネさんなりのなにかこだわりがあるらしかった。なら仕方ないけど……。

「それよりペネさん、その悪魔犯罪の情報ってのは？」

「あ、スマホに、悪魔犯罪の情報が集まってるグリゴリ専用アプリが入ってるのでこれを見ます。えーと、わたしに割り当てられてる事件は……これか。……ええ？」

「何を見て驚いたんですか」

「事件の題名。『上空五百メートルの密室毒殺事件』だって」

「密室毒殺!?」

妙な事件だ。上空なのに密室。どういうことだろう。ペネさんがその続きを読み上げる。

「えーと……事件の概要。本日早朝、超高層タワーの『墨田スカイタワー』、その展望デッキ内で新規建築工事が行われていたが、そのために設置された仮設プレハブ内で作業員が突然苦しみだして倒れ、死亡。司法解剖の結果、毒殺と判明。プレハブ内には監視カメラが作動しており、当時作業員は完全に一人で作業中だったことが確認されている。つまり、これは【超高層階の密室毒殺事件】ということになる」

「なるほど。プレハブに一人でいたのに突然苦しみだした……それ、遅効性の毒を飲んでたとかじゃないんですか……？」

僕の予想を、ペネさんが遮る。

「それがね。遺体の血液から、即効性の【悪魔の水】を検出。そこに悪魔も犯行声明を出したため、グリゴリ案件になったと」

「【悪魔の水】？」

「んー、現場行くし、それはおいおい説明しよっか。悪魔犯罪解決の流れとかも説明したいし。そんじゃ、とりあえず……スカイタワー行こ、冥賀くん」

＊　＊　＊

僕とペネさんは電車で現場近くまで到着し、そこから徒歩で実際に墨田スカイタワーに向かうことにした。墨田スカイタワーは、近年できた日本で有数の高さを誇る電波塔だ。

そのタワーは、広い公園の敷地内にあった。

「わー、たっか――――――い」

タワーの下から、背伸びして上空を見上げるペネさん。

「あっ、冥賀くん、お土産売り場があるよ！　かわいいマスコットもある……はっ！」

ペネさんはテンション高く騒いでいたが、急に何かに気付いたように硬直した。

「……どうしたんですか？」

「お土産を買って帰る相手がいないことに気付いてしまった……」

「……そうですか」

その時。

耳元に、嫌な気配を感じた。

「!?」

僕は咄嗟の反応で、耳の後ろ辺りを平手打ちする。

「わっ、どうしたの冥賀くん。し、死なないで……」

「……今のが自傷行為に見えたんですか？　蚊が寄ってきたのではたいただけです。って、うわっ、やっぱ知らないうちに蚊に刺されてる！　かゆ！」

僕は手の甲をボリボリ掻きむしる。

「あーあ、かわいそう。冥賀くんもわたしみたいに着る毛布で身体を覆えばいいのに」

「それで出歩きたくないです。僕ら二人とも着る毛布で歩いてたら不審者度数二倍じゃないですか」

「そっか……。それじゃあ中に入ろうか、冥賀くん」

光が大胆に取り込んであるガラス張りのエントランスから、僕らはタワーの一階に入る。

「うう……知らない人がいっぱいいる……」

「そりゃいるでしょ」

とはいうものの、普通の観光客がいるわけではない。世間的には『臨時休業』中。エレベーターの前は黄色いテープで塞いであるし、何人かの警察官が工事に関する責任者なんかに最低限の聞き取りをしているようだった。この人たちにも、聞き込みしていくことになりそうだ。

「……もう逃げたい。冥賀くん、やっぱり捜査は明日にしない？」

「ここまで来てそれはないでしょ。とりあえず、ペネさんは僕が助手として何をすればいいか指示してください」

「うう、じゃあ……」

ペネさんは僕に耳打ちする。

「工事の責任者……現場の責任者と警察の人を呼んできてくだちぃ……」

「……はい」

やっぱり僕が呼ぶ係なのか。

ということで僕は、そこらにいた警察官の一人に、シェムハザさんにもらったグリゴリの手帳を見せながら事情を説明する。どうやら、これから作業員の一人と警察官の一人がここに来て話を聞かせてくれるとのことだった。

まず、最初に現れたのは、警察官の人だ。

「おつとめご苦労様です！　私は警視庁巡査部長の剛田（ごうだ）です！　グリゴリのペネメーさんとその助手さんですね、お話は伺っております！」

がっしりした体つきの警察の人は、敬礼しながら僕たちに挨拶をしてくれる。

ちなみに、僕は身バレを避けるためにペネさんの名無しの助手として話を通している。

僕が『世界一嫌われてる高校生』だとバレたら面倒なことになる可能性もあると思ったから。まあ、僕の顔まで知っているのはゴシップに強い人ぐらいだと思うけど。

それから少し遅れて警察官の横に来たのは四十代くらいのツナギのおじさん。

「……オレは建築作業を取り仕切る『藤本（ふじもと）建設』の代表で現場監督の末次（すえつぐ）だ」

現場監督の人は明らかに不機嫌そうな応対だった。

「……ええと、まず事件の被害者について詳しく教えてくれますか？」

僕は、メモを片手に聞き込みすることにした。

まず答えてくれたのは現場監督の末次さんだった。

「ああ。被害に遭ったのは、オレたちの建設会社の同僚、小園一夫、四十四歳だ。まあ、こう言っちゃなんだが……評判は悪いやつだったよ」

亡くなった同僚に対して、いきなりきついことを言うのでびっくりしてしまった。

「……冥賀くん、遺体発見の状況を聞いて」

ペネさんが、僕を背中からつついて、小声で囁いてくる。

「えっと、遺体発見当時の状況を聞かせてもらえますか？」

「ああ、オレたちの今回の現場はそこのエレベーターから六十階まで昇って、展望デッキまで行ったとこにある。そこの庭に、企画展示とかに使える新しい建物を建てようっつう、そういう仕事だったわけだ。その準備のため、早朝から小園が一人で資材の置いてあるプレハブに入ってたところ、あいつがいきなり苦しみだした……らしい」

「らしい？」

「見てたのはそこの監視所の監視員だ。プレハブだけど、資材盗難防止のために監視カメラが置いてあったからな」

横を見ると、ビルのエントランス付近にモニターがいくつも並んだ監視所があって、そこに人がいる。監視カメラを見るのが仕事なのだろう。

「なるほど」

「一応、検死結果ももう出てるらしい。死因は……即効性の【悪魔の水】による毒殺」

また出てきた。概要にあった悪魔の水。

「ペネさん、悪魔の水ってなんですか」

「わたしたちの言葉で言うなら……【デモカリ水】だね」

「……デモカリ水？」

「うーんと、そういう水があるって言うより、【デモカリ】の性質を付加された何かの液体って言う方が正しいかな。特定の悪魔は、特殊能力で既存の液体の性質を維持したまま、呪いみたいなものを水に付加できるんだ。ほら、水道水を加工してアルカリイオン水を作れるでしょ？　それみたいな感じ。その悪魔は、自分が視認できる範囲にある任意の液体――容器とかに入っててもＯＫ――を睨むことでデモカリ性を付加するんだ。このデモカリ水を摂取すると、被害者は即座に死んでしまう」

「じゃあ……たとえば身体を流れる血液を、その【デモカリ水】に変えたとかですか？」

「それじゃあダメなんだ。デモカリ性は、『毒物になった水を外部から摂取する』ことでのみ、呪いが発動して死に至るんだよ」

「……おそろしい」

次に現場監督の人は、苦虫を噛みつぶしたような顔でこんなことを言った。

「……でもまあ、オレは正直、小園がいなくなってよかったと思ってんだ」

「……え？」

「酒飲んで仕事に来るんだぜ。危なくってありゃしねえ。毎日毎日、カップ酒手に持ってよ。悪魔だって、路上で酒持ち歩いてるあいつを見て、いいご身分だなって腹立って酒を毒に変えたに決まってんだ。即効性の毒なんだろ？　どうせ真相も、監視カメラの見えないところで酒を飲んでたとかそんなとこだろ。オレも、ほんとはあいつをとっととクビにしたかったんだけどよ、パンデミックのせいで人手不足でよ」

「……その言い方は酷いと思います」

「あ？」

「どんなに嫌われていても——死んでいい人間なんていないはずです」

僕は思わず、聞き込み中の人に対して噛み付いてしまった。

その時、現場監督がまじまじと僕の顔を見た。

「おめえ、どっかで見たことある顔だな……？」

「え？　あ、そ、それは……」

まずい。『世界一嫌われてる高校生』だってバレたか？

そこで、ペネさんが僕の背中をなぞりながら、ＡＳＭＲのように囁く。

「ねえ、冥・賀・く・ん、ここはいいから現場見に行こうよ、げ・ん・ば」

全身がぞわぞわする。

「あ、は、はい！」

「……ちっ」

　現場監督は僕らから目を背ける。

　ペネさんが話題を逸らすことで、どうやらバレずに済んだようだ。

「おまわりさん、上昇っていいですよね」

「捜査権限はグリゴリさんに譲渡してあります、ご自由にどうぞ！」

　警察官の人は一応敬礼してくれた。

　現場監督は、後ろのエレベーターを指差す。

「現場に行くならそこのエレベーターから六十階まで上がってくれ。遺体そのものはもう検死に回したが、それ以外の現場は保存してある。捜査官に遺体写真も見せてもらえるはずだぜ」

「……ありがとうございます」

　僕らは、そそくさとエレベーターへ向かった。

＊　＊　＊

「いやあ、うーん、しかし」

エレベーターが上階に向かう長い時間の途中で、ペネさんは感心したように腕を組んで唸り続けている。

「……なんですか」

「さっきの冥賀くんは熱かったね！　かっこよかったあ」

「……忘れてください。つい熱くなっただけです」

「死んでいい人間なんていないはず……うんうん、いい言葉」

「恥ずい……」

だが、ペネさんはまっすぐ僕を見据えてくる。

「本当に、わたしは立派だと思ったんだよ、冥賀くん」

「……え」

「そういうところが、わたしが君を選んだ理由だから」

そして、ペネさんも気恥ずかしくなったのか、目を逸らす。

でも、僕はふと気になった。

なんで、ペネさんは僕のことをそこまで言うんだろう？　週刊誌でしか知らないはずなのに……。と、僕が少し考えていると、ペネさんはまったく別の話題を切り出した。

「それじゃあ、ここで改めて、悪魔犯罪と、それを解決する流れの説明をしておくね」

ペネさんは知っていることなら饒舌になる。

「悪魔は、悪魔犯罪をした後、真相の一部を伏せて問題を出すんだよ。まるでクイズみたいにね。それは——【謎】と呼ばれてる」

「謎？」

「悪魔といえど、こっそり犯罪を行うことはできない。必ず【謎】を残して、告知しないといけない。一方、天使側は正当なルールに基づいてその【謎】の真相を暴く。リドル（なぞなぞ）を解くみたいに。それが合ってれば、悪魔の力を弱らせて、捕まえることができるんだ」

エレベーターは、三十階まで来ていた。

「だから、悪魔は罠を仕掛けるし、大事なことは隠すし、トリックを使う。天使はそれらのまやかしを見破らなければいけない。悪魔犯罪ってね、簡単に言うと悪魔と天使の知恵比べなんだ。ほら、グリゴリ用アプリのここを見てよ」

僕は、ペネさんのスマホを覗き込む。

そこには、凶悪な顔をした人物の顔写真が写っていた。だが、その頭部には、二本のツノが生えている。

「この事件の犯人は、水の悪魔フォカロル」

「……え、名前までわかってるんですか」

「そう。悪魔犯罪の捜査が、【犯人当て】になることってあんまりないんだ。まあ、すごく稀に、自分の名前を当てさせるタイプの【謎】を出してくる悪魔もいるけど……特殊ケース。それで、今回フォカロルが出してきた【謎】は、こんな感じ」

【謎】水の悪魔フォカロルは、どうやって、上空五百メートルに一人でいる作業員を「毒殺」したのか？

「簡潔にまとまってる」

「そう。焦点はこれだけ。今回はフォカロルが使ったのが【デモカリ水】ってとこまでわかってるから、フォカロルがデモカリ性を付加した液体が何なのかをわたしが看破して、フォカロルに突き付ける。すると、それが【真実】だったなら、フォカロルはまともに動けないぐらい弱る。そしたら、グリゴリの捕縛担当に逮捕してもらう。そこまでがグリゴリの一連の仕事の流れだよ」

「……待ってください。一つ気になったんですけど――その、悪魔が出す【謎】の妥当性とか、天使の推理が合ってるかどうかとか……判定するのは誰なんですか？」

「それはもちろん――」

ペネさんは真上を指差す。

「神様」

「……本当にいるんだ」

「そりゃ、天使がいるくらいだから」

一言で理解できた。説得力がすごい。

「ちなみに、ペネさんの推理が間違ってたら？」

「悪魔の力がより強くなる。ヘタすると、殺されちゃうかも」

「……え？」

想定外の答えだった。

「まあ、死んじゃったら仕方ないよねー。推理を間違えたわたしたちが悪いんだから」

「ちょ、ちょっと……」

いきなり、重たい覚悟を突き付けられてちょっと胃が痛い。

だが、ペネさんは自分の両頬(りょうほお)を軽く叩(たた)いて気合いを入れる。

「よし！　行くよー、冥賀(みょうが)くん。わたしたちコンビ、最初の謎解きの時間だ」

六十階に到着。エレベーターが開いた。

「あっ、ま、待ってペネさん……！」

＊　＊　＊

「ひええええええ！　高い！　高いよ冥賀くん！」

エレベーターから降りるなり足元を見てしまったのか、ペネさんが足をがくがくさせて僕にしがみついてきた。そこのフロアは、エレベーターの出入り口からいきなりガラス張りになっていた。

「しょうがないじゃないですか、文句を言っても高さは低くならないし……ていうかそもそも天使って、空飛べないんですか？　羽ついてるのに」

「昔の天使は飛べたみたいだけど。今はほら、羽って昔の名残でついてるだけだから。人間の盲腸みたいなもの」

「天使にとっては羽と盲腸、一緒なんだ……ロマンチックの欠片もない」

そんな話をしながら歩いているうちに、僕たちは犯行現場である、展望フロア内、プレハブ前に到着した。

「あ、ほら、ここが現場みたいですよ」

入り口には、警察官が一人、見張りに立っていた。

「お疲れさまですー」

僕が挨拶をすると――

「お疲れさまです！　グリゴリの方ですね！　警備担当の源です！　こちらの現場、安全に保存してありますので、自由に見て回ってください！　遺体発見当時の現場写真がご入り用でしたら、本官が持っておりますのでいつでもお声かけください！」

　きびきびと答えてくれた。

「ありがとうございます。それじゃあ、とりあえずプレハブの中に入らせていただいていいんですよね？」

「はい！　検死のために運び出した遺体以外は、すべて事件発生時そのままにしてありますので！」

　ということで、僕たちはプレハブに入る。

　真っ先に感じたのは、鼻につく臭いだった。だが、それは血の臭いみたいなおぞましいものではなく――

「うわっ、お酒臭い……！」

　それも焼酎や日本酒やビールが色々ちゃんぽんになったかなり不快な臭いだ。

　それから、プレハブの中には、鉄筋だとかの資材の隙間を縫うように、日本酒の酒瓶、ビール缶、焼酎などがやけくそのように積み上げられていた。足の踏み場もなさそうだ。

「ああ……さっき現場監督の人が、被害者の人はいつも泥酔して現場に来てた、って言ってましたもんね……。建築現場でお酒飲んでたのか……よく飲めるよなあ、こんな高い場所で」

　そして、小屋の中央、遺体があったと思わしき場所に白線が人型に引いてあり、その右手のそばに、カップの日本酒が倒れて零れている。

「……被害者は、毒殺された当時、これを手に持ってたのは間違いなさそうですね。というか、このお酒は鑑識に回さなかったんですかね？」

「たぶん、採取してるんじゃないかな。でも【デモカリ水】は、時間が経つと体内に入らなかったものはデモカリ性を検出できなくなっちゃうから、たぶん意味ないよ」

「そうなんですね。じゃあ……」

僕は、考える。

「やっぱりどう考えても、この【カップ酒】が、水の悪魔フォカロルが【デモカリ水】に変えた液体ですよね？　そうすると……これから僕らは、水の悪魔フォカロルにここに来てもらって、『お前はこのカップ酒を毒に変えて被害者を毒殺したな！』って告発すればいいってことですか？」

「うんうん、流れはだいたい合ってる。でも……たぶん、答えが違う」

「え……この状況ならどう考えてもお酒を毒に変えたんじゃ……」

僕がそう言うと、ペネさんはにやりと笑った。

「あいつらは、悪魔だから。言ったでしょ、罠を仕掛けるって。こんなあからさまな状況で、お酒が【デモカリ水】だなんてわたしは思わないな。こんな見え見えの罠に引っかかってたら、グリゴリの相棒として先が思いやられるよ？」

「罠……」

どうやら、ことはそんなに単純じゃないらしい。

「ま、とりあえず冥賀くん、現場写真見よう、現場写真」

「あ、そうか。あのおまわりさんが持ってるって言ってましたもんね。すいませーん」

僕はプレハブの外に出て警察官に話しかける。

「現場写真を見せてもらえますか？」

「はい！　こちらになります！」

僕は数枚に及ぶ遺体の写真を受け取る。

さっきのプレハブの真ん中、白線の引いてあった辺りで確かに人が亡くなっている。

苦しんで亡くなったのか、苦悶の表情をしているのが痛々しい。

しんどい気持ちをこらえて、遺体の写真を調べていく。

「……本当に泥酔するまでお酒飲んでたんですね。首まで真っ赤だ」

「首が真っ赤……」

「どうしたの、ペネさん」

「待って、それ何か引っかかる。現場に撒き散らされたお酒……首が真っ赤……んんん」

ペネさんはしばらく頭を捻って考える。

「解けかかってる。解けかかってるんだ。情報のピースは、あと一つか二つでいい気がするんだけど……。あ、そうだ冥賀くん。あと、一つだけ警察官の人に聞きたいことがあるんだけど……」

「はい、なんですか？　聞いてきますけど……」

「あ、でも、これ、わたしが直接聞いた方が早いよなあ……。ん？　待って、あれは！」

何かを見つけたようなペネさんが、いきなり展望デッキの奥に向けて走り去っていく。

「え、ど、どうしたんですか、ペネさ――ん？」

＊　＊　＊

「ねえ冥賀くん、背中ファスナー上げて？」

「……はい」

「んー、よし、おっけー」

今、ペネさんの身体は、奇妙な着ぐるみに包まれていた。

そう、先ほど、ペネさんが展望フロアの隅で見つけたのはこの着ぐるみだったのだ。身長2メートルほどの、細長――い、尖塔状の着ぐるみ。正面には、大きな目が二つついて、不気味に笑っている。

「……なんの着ぐるみなんですが、これ」

ペネさんは黙って、そばに貼られているポスターを指差す。

「このマスコットキャラクターだって。これに入ってたら、わたしも恥ずかしくなく聞き込みできる気がする！」

墨田スカイタワーのマスコットキャラ、スカタワくん。それが、着ぐるみマスコットの名前らしかった。

「たーわー。たわー。もりもりのびるよー、スカイタワー。まだまだのびるよ、スカイタワー。ほめられて、のびるタワー。こんな感じかなあ」

ペネさんは、ノリノリで、着ぐるみになりきる。

「のびるのかい、のびないのかい、どっちなんだーい。タワー！　はっ！」

ものすごいふざけていた。完膚なきまでに。それ、元ネタは『パワー！』ってやる芸人でしょ。

「……それで、これに入ることでペネさんの人見知りは改善されるんですか」

「たぶん！」

そうなんだ。ならいいけど。

そして、その格好のままペネさんはプレハブ前にいた警察官の前に改めて立つ。

「……突然すまんたわー」

「うわっ!? 化け物!?」

そりゃ驚くよな。

「あの、すみません、こんななりですが、この中身はさっきの天使の女の子です……」

僕は、ペネさんをフォローする。

「あ、そ、そうなんですか……」

「突然ですすまんたわー。警察官の君に一つだけ、お聞きしたいたわー」

ふと思ったのだが、いくら着ぐるみを着たとはいえ聞き込みに口調まで変える必要あるのだろうか。

「この公園の敷地内には——竹藪と池があるたわー?」

「……え?」

警察官は一瞬戸惑って答えた。

「はい、古い社と池、その周りに竹藪が……」

それを聞いた瞬間。

「情報揃ったわ————!」

ペネさんは大きな声で叫んで、エレベーターに向かってずかずかと歩いていく。

警察官の人は、ぽかーんとしていた。

「え、ペネさん、ちょ、ちょっと!」

僕は、慌ててペネさんの腕を掴んだ。

「むが」

着ぐるみに入ったまま突っかかったペネさんが転びそうになる。

「教えてくださいよ。いったい、どうしたんですか、いきなり」

「さっき言ったように、謎がぜんぶ解けたので、もう捕縛班に連絡しようと……」

「せ、説明してくださいよ！　僕なんにもわかってないんですけど！」

「あ、そっか。うーん、でもここで説明するのもめんどくさいなあ……」

た、怠惰だ……。

「あ、じゃあ冥賀くんにヒントを一つだけあげるね。鍵は――『見えない注射器』だよ」

「……見えない注射器……？」

「とにかく謎はもう――毛布に全部入ったから」

そう宣言するペネさんは、たぶん今、ピースサインをしているのだろう。着ぐるみで見えないけど。

「じゃあわたし、ちょっとそこの物陰で、捕縛班に申請メッセージだけ送ってくるね！」

なにがなんだか、僕にはまだわかっていない。

急展開がすぎる。僕は、しぶしぶペネさんに振り回されながらついていく。

＊＊＊

エレベーターの付近にベンチがあって、僕たちはそこに並んで腰掛けていた。どうやら、ペネさんは着ぐるみの中でスマホを操作して、アプリから捕縛班という役割の人へ連絡メッセージを送ったらしい。

なので、その人が来るのを待っていたのだ。

「ふう、ちょっと待ってね、冥賀くん、いったんこれの頭だけ脱ぐから」

ペネさん……というか、スカタワくんの着ぐるみは、自分の首に手をかける。

すると、首元辺りの割れ目が広がり、すぽん、とそこからペネさんの頭が出てくる。

「うえ、蒸れた……」

「着る毛布を着たまま着ぐるみに入る人初めて見ましたよ僕。それもう我慢大会じゃないですか。なんでそこまでして……」

「ファスナーの方も半分だけ下げて、冥賀くん」

「はいはい」

僕は、スカタワくんの背中にあるファスナーの方も少し下げる。

着ぐるみから出てきたペネさんの半身は汗でびっちょり濡れていて、キャミソール部分なんて肌にぴっちり張り付いている。身体のラインが浮き上がって見えて、かなりセクシーな感じになっている。

「ふ、拭くものとかいります？　タオルありますけど」

僕はなるべく着ぐるみの隙間から見えるぺネさんの身体を凝視しないようにしながら鞄からタオルを取り出す。

「うん、ありがとね」

タオルを受け取ったぺネさんは、ぺしぺしと自分の顔の汗を拭いて、それから腕を上げて脇まで拭いていく。

「あちー」

「……む、胸元気をつけてくださいよ、ぺネさん。なんでそんな無防備なんですか……」

僕は思わず、苦言を呈してしまう。

「え、そうかな」

「そうですよ！　うちでだって、いつもいつも！　夜だって、隣の部屋でぺネさんが寝てると、時々壁の向こうから物音が聞こえたりするから、おちおち眠れないんですよ！　そ、その……健全な青少年の気持ちも、少しは推理してください！」

今まで抱えていた思いを吐き出さんとばかりに、僕はつい声を荒らげてしまった。

ぺネさんはそんな僕を見て、びっくりしたようにつぶやく。

「そ、そんな……じゃあ……」

あ、強く言いすぎてしまったかな、と僕が少し後悔し始めた頃。

「冥賀くん、わたしと同じ部屋で寝たいってこと……？」

ペネさんは頬を赤らめながら言った。

「そういうことじゃなくて！」

「推理してしまった……わたしの名推理」

説得を諦めた僕は、溜め息を吐きながら話を変える。

「はあ。えっと、これから来るグリゴリの捕縛班ってどんな人ですか？」

「あ、名前はね……サハリエル・フィンジストック。わたしはサー姉って呼んでる。珍しい、わたしの人見知りしない人。サー姉は一言で言うと——脳筋のかっこいいお姉さんかな——」

「……脳筋？」

「グリゴリの捕縛班に一番大事なのは腕っぷしだから。自分の名前が書ければグリゴリに入れるんだよ。だけど、恐ろしいことにサー姉は……その試験に落ちかけた」

「……ええ……一体どんな人が来るんだ」

筋肉ムキムキの女の人でも来るんだろうか……。

「うう、汗が冷えて涼しくなってきたからまた着ぐるみ着よ」

そう言いながらペネさんは再び、スカタワくんの着ぐるみを被る。

その瞬間。背後からやってきた一つの人影が僕らを覆った。

「――おい、あんたら、グリゴリ推理班か？」

女性の声だった。どことなく、乱暴でガサツな声。

「ってあれ、ペネメーはいねえのか？　あれ？　あたし場所間違えたか？」

僕は振り返ってその姿を見る。

真っ先に、獣のような銀髪が目に入った。狼（おおかみ）のように流麗な毛髪。年齢的には二十代前半ぐらいの若い女性に見える。身長は170は超えているだろう。そして、かなりスタイルがいい。スラリと長い脚、くびれている腰、しっかりと主張している胸。サメのように鋭そうな歯も、ドキドキを魅力に変えてくれそうだ。

ロングコートの下には、ラバーみたいなものがぴっちり身体（からだ）に貼り付いた服を着ている。パンキッシュ、という感じがよく似合うファッションスタイル。その奥にコートで隠れてはいるが、背中から羽がちらりと見えた気がした。

トータルで言うと――野性的だが女性的な魅力も重ね持つ、美しい獣のような女性……だった。

「あ、もしかして、サハリエルさん……ですか？　ええと、ペネさんは……」

そこで、サハリエルさんは僕の隣にいるスカタワくんを見つける。

「……！　な、なんだそいつはっ……！」

「え……？　あ、いや、これはその……」

「ざけんなよ……そいつ……そいつぁなあ……」

サハリエルさんの握り締めた拳がぷるぷると震えている。まさか、ペネさんがふざけているから怒ってしまったのか？

「か、かわいいじゃねえか……」

「へ？」

サハリエルさんの瞳がキラキラと輝いたかと思うと――

「きゃあああ！　しゅきしゅきしゅきいいい！」

ワイルドなお姉さんは一気に相好を崩して着ぐるみに抱き付いた。ここだけ見ると完全に部屋で抱き枕に抱き付いて疲れを癒すＯＬだ。数秒前の風貌とのギャップがすごい。

「あ、あの……サー姉……」

「……ん？」

ペネさんは半分開いていたファスナーから、ひょこりと顔を出す。

「サー姉、おびさしぶりでふ……」

「のあああああ！　ペネメー!?　てめー、そんなとこで何やってんだあ!?」

サハリエルさんは、ものすごい裏返った声を出して動揺していた。

＊　＊　＊

「あー、すまねえ。恥ずかしいところを見せちまって。えっと、あんたがペネメーの助手か。あたしはサハリエル・フィンジストック。グリゴリの中でも武闘派っつーか、悪魔捕縛の担当。よろしくな」

「みょ、冥賀春継（みょうがはるつぐ）です……」

「サー姉は、グリゴリの中でわたしが話せる数少ない人で……あと、こんななりして、さっきみたいにかわいいものに目がない一面もあるよ」

「はあっ……!?　い、言うなバカ！　恥ずかしーだろーが！」

サハリエルさんは唾を飛ばさんばかりの勢いでまくしたて、赤面する。

「あ、それよりペネメー、推理は終わったのか？　今日は誰を捕縛する？」

「水の悪魔フォカロル」

「よっしゃ、任せろ」

それを聞いた瞬間、サハリエルさんは相手にとって不足なし、とでもいうように腕まくりをする。そして、サハリエルさんは懐から棒のようなものを取り出し、先端についた墨のようなもので床に逆五芒星（ぎゃくごぼうせい）を描き始める。

「サハリエルさん、一体何を……」

「あ？　決まってんだろ、お前、悪魔犯罪捜査の流れペネメーから聞いてねえのか？　召喚だよ召喚。悪魔を召喚して、そっから推理で対決して縛んの」

「はい？　召喚？　縛る？」

サハリエルさんは逆五芒星を一筆書きで最後までつなぎきる。

「喚ぶぞっ！　来いやぁ！　フォカロル！」

サハリエルさんがそう叫んだ瞬間。

「わっ！」

爆発が目の前で起きたのかと思った。激しい閃光がちかちか光る。それに続けて逆五芒星から煙が出て、それが落ち着くと、さきほどスマホで見た人相の悪い悪魔……フォカロルが目の前に立て膝で座っていた。

見た目は色黒、金髪のチャラい二十代の青年にも見える。

だが、その頭部に赤黒い色の尖ったツノが二本生えていることで、目の前にいるのが人間以外の存在だと理解できる。これが……悪魔か。

「俺様を呼んだのぁ……誰だぁ？　……汝、名を名乗れや」

その宣言を受けて、ペネさんが一歩前に出る。

「我が名は『グリゴリ』、ペネメー・リドルリドル。汝に提示された【謎】に基づき、【推理】で汝を打ち負かさんとする者なり」

「ほう……。ペネメー……か。てめえ、真相を間違えた時の覚悟はできてんだろうな？」

「もちろん。正々堂々、知恵で挑むことをここに宣言する」

「……了承する。んじゃあ行くぜ」

「「勝負！」」

フォカロルとペネさんの声が揃った。それから、ペネさんは、僕を見て薄く微笑む。

「見ててね冥賀くん。これからは——解決編の時間だよ」

「……はい」

僕は固唾を飲み込んで見守る。

こうして、僕とペネさんがコンビを組んでの悪魔犯罪事件、最初の謎解きバトルが始まったのだった。

＊　＊　＊

悪魔の姿を見たのも、もちろん初めてだった。

水の悪魔、フォカロル。

人間を特殊な能力で殺したという、悪魔。

その姿を目の前にしただけで、そいつが人間の「上位存在」であることに気が付いてしまった。

　なにしろ悪魔は——人間に畏怖を抱かせる、そのために地上に現れたのだ。と、そんな僕の様子を見てか、藪から棒にフォカロルが話しかけてきた。

「お？　なに見てんだてめえ。と思ったら人間じゃねえか」

「あ、ど、どうも……」

　僕は悪魔に対してバカみたいに返事してしまう。

「んんん、なんか俺様にビビってる匂いがすんなあ。さては悪魔見んの初めてなのか？」

「え、ええと……」

「……落ち着いて、冥賀くん」

「ペネさん」

「悪魔は恐ろしいけれど、縛れるものはあるから」

　そう言って、ペネさんは微笑んだ。

「それは……？」

「理。悪魔犯罪のルールだよ」

「理……」

「正々堂々と知恵比べのために召喚してる今の段階では、こいつはわたしたちに手出しできないんだ。推理が失敗したら別だけど」

「結局、安心できないじゃないですか！」

その時、フォカロルが大声で叫ぶ。

「なんかよくわかんねえけどよお、俺様を裁こうっつうんなら、まず罪状から読み上げてけや。誤認逮捕だったらたまんねえもんなあ！」

「……冥賀くん。わかってることを読み上げて。お願い」

僕（助手）が、それをやるのか。なんか、プレッシャーかかるな。だけど、推理の間は襲われないというから、僕は勇気を振り絞って叫んだ。

「み、水の悪魔……フォカロル！　このタワーの展望デッキで作業中の作業員を……毒殺したのはお前だな。被害者に、なんらかの液体を【悪魔の水】に変えて摂取させた容疑だ」

「ああん？」

フォカロルは露骨にガンをつけてきた。

「ひっ！」

「冥賀くん、落ち着いてってば」

そんな僕たちを見て、フォカロルが愉快そうに笑った。

「カカカカ。おもしれえ。じゃあ聞くぜ。【謎】かけの時間だ。俺様は——何に混ぜて被害者に毒を飲ませた？」

僕はまだペネさんの推理を聞いてなかったから不安でたまらない。

確か、あそこに転がっていたカップ酒、『ではない』ということは聞いたが……。他に、被害者が飲みそうな水はあったか？

「ん―――」

ペネさんは少し考えると……。

「ぷふふふふふ！」

いきなり笑い出した。

「ど、どうしたの、ペネさん！」

「……こいつ、へたっぴだなあって」

「……な、なに？」

フォカロルが、見るからにイラついた。

「今の流れで罠を仕掛けたと思ってるのが、本当に青臭いなあって」

「なんだと、貴様……」

「だって今の誘導はへたっぴすぎでしょ。わたしたちが【謎】を覚えてないとでも？　今回の【謎】は――【水の悪魔フォカロルは、どうやって、上空五百メートルに一人でいる作業員を『毒殺』したのか？】だよ。毒を『飲ませた』なんて誰も言ってないのに。今の発言はあからさまなミスリードだったね。まるで三流悪魔だ」

「…………」

フォカロルは、何も言えなくなって黙り込んでしまう。

「なぜ、わざわざあんたは酔っ払いを犠牲者として選んだのか。どのような勝算で、バレないと踏んでその【謎】を残したのか。たぶん、あんたが隠したかったのは……」

ペネさんは、自分の首をぺしぺしと叩(たた)いてみせた。

「……ほう。俺様があいつに注射でも打ったと言いたいのか？　だが、おあいにくさまだったな！　それはありえないんだよ。目撃者がいたからな」

「『首筋』の『赤み』だ！」

「……あっ、そうだ！」

僕は思い出した。

なぜ、最初にこの事件が妙だと思われたか。それは、『監視カメラ』がずっと被害者を捉えていたからだ。被害者は、何もないところで突然苦しんで死んだ。だから、これは密室殺人とされていたんだ。ペネさんは、この密室トリックをどう崩す——？

「ははは！　俺様がどうやって毒を摂取させたか、わかるなら言ってみやがれ！」

フォカロルは笑って挑発する。だが——ペネさんは動ぜず、不敵に返す。

「もうわかってるよ。謎ならもう毛布に全部入ってる。この事件には、確かに注射器があった。それも……【時限式】の【見えない注射器】がね」

そうだ。見えない注射器。さっきペネさんが残した、そのワードが気になっていた。

「なっ!?」

フォカロルの声は、もう怯えに近くなっている。

僕は理解した。今、この場を支配しているのは、ペネさんの【理】だ。知恵比べにおいて、なにより強いのは【理】。途端に、目の前の悪魔が小物に見えてきた。

「あるものを使えば、密室でも注射を打つことができる。それも、目の前にいなくても。その答えをひらめいたのは、冥賀くんが、このタワーに来た時だよ」

「え、僕?」

「推理を完成させるのに必要だった、最後のピースは——竹藪と池」

「……だからなんだと言うのだ!」

フォカロルの悲鳴のような問いが響いた。

すう、とペネさんが腕を上げ、前に伸ばす。

「被害者は、首の後ろを蚊に刺されていたんだ。蚊はどういう生き物か? 妊娠中のメスが、繁殖のために血を吸い、同時に血液が凝固しないよう、自分の唾液を注ぎ込む」

確かに、そんな話を聞いたことがある。

その唾液が、かゆみとなって僕たちを悩ますんだ。

……そうか! あのタワーに最初行った時、僕は、蚊に刺された。だから——

「そして、つなぎ合わせる鍵。蚊に刺されやすい人間の特徴、それはね——『泥酔している人』だよ。お酒を飲んだ人は、体温が高くなって二酸化炭素を多く吐き出すようになる。だから——ものすごく蚊に刺されやすくなるんだ」

「あああ、なるほどっ！」

僕のすべての疑問が氷解した。時限式の見えない注射器の謎も。

「たとえ、超高層階であろうと、密室であろうと、エレベーターで一緒に運ばれていれば、蚊は人間にまとわりつくことができる。そして——その吸血行為は小さすぎて監視カメラにも映らない。かくして【時限式の見えない注射器】が完成する。つまり——お前が密室の被害者に液体を注入するために『デモカリ水に変えた液体』、それは——公園にいた『蚊の唾液』だ！」

その瞬間、ペネさんの指先が青白く光り始めた。

「……ペネさん、それは!?」

「これは、グリゴリが持つ特殊能力。わたしの推理が正しかった場合、あの悪魔を弱らせる光線を放てる……！」

ペネさんの指の先から、青い光が放出され、フォカロルを包み込んだ。

「『女神の裁定（クイーンズ・ディシジョン）』！」

「ぐああああああ！」

「さあ、推理の真偽は天が証明する！　【真実】が、お前を縛り付ける！」

「ググ……ググググ！」

光線を食らったフォカロルは、まるでその場だけ重力が増大したかのように、床に四肢をつく。

「ばかな……馬鹿な馬鹿な馬鹿な馬鹿なああああああ！　俺様は聞いてないぞ！　こんなところに、お前みたいに優秀なグリゴリがいるなんて！　くそがああああ！　死ね死ね死ね死ね死ねええええ！」

「……黙れ、負け悪魔が」

その時、サハリエルさんが僕らの横をすり抜けるように動いた。

「うん、よろしく、サー姉……！」

「……見事だったぜ、ペネメー。あとは――あたしの仕事だ」

「おおおおおお！　悪魔拘束ぅ……ふん縛る！」

サハリエルさんはそのままフォカロルに向かって、右腕を大きく伸ばす。

サハリエルさんの伸ばした右腕がフォカロルの心臓を貫き……そこから出てきた光の鎖が、全身に巻き付いた。

「ぎゃああああああ！」

そして、ペネさんの光線も消え、後には鎖に縛られたフォカロルだけが残った。

「悪魔、捕縛完了だ」

フォカロルは、もう指一本動かせないようだった。だが、最後に息絶え絶えの声で——

「く、く……そ……こんなはずじゃ……そうか……パンデミックの時から騙してやがったんだな……デイモス……」

そう最後に吐き捨てて、フォカロルは石像のようにまったく動かなくなる。

「……デイモス？」

今の断末魔の言葉に、ペネさんが首を傾げる。

「ペネさん、どういう意味？」

「デイモスは、悪魔じゃない……。天界にかつていたと言われる『恐怖の神』の名前だよ。だけど……おかしい。デイモスはもうこの世に存在しない……はず。じゃあ、誰かの偽名……？　そいつが、フォカロルを騙して今回の事件を起こさせた……？」

「じゃあ、今回の事件、黒幕がいたってこと？」

「……かもしれない。どうなんだろ……うーん」

ペネさんは悩んでいる。その横でサハリエルさんがフォカロルの身体を担ぎ上げる。

「よいしょっと。あ、つーわけで、あたし、こいつを煉獄に収容してくっから」

サハリエルさんは、左手で僕に握手を求めてくる。

「冥賀っつったっけ？　これからよろしくな。長い付き合いになりそうだし」

「ど、どうも」

僕はサハリエルさんに向けて手を差し出した。力強く、ぎゅっと手が握られる。

「カハハハッ！」

サハリエルさんは豪快に笑った。

「あ、それから、ペネメー」

「なあに？」

「あんだけ人と話すのを嫌がってたお前が、人間の助手ね……」

「……な、なに、サー姉」

「別に。お前、変わったなあ……と思ってな。じゃな！」

そして、サハリエルさんは、悪魔を担いだまま、最後まで格好良く、軽やかに立ち去っていった。

＊　＊　＊

とにかく、これで今回の悪魔犯罪は解決した……のだろう。

僕は、一息つく。

「はあっ、怖かった……。た、大変だった……」

「一件落着、一件落着。よかったねー、冥賀くん」

「でも、……ペネさん？」

ペネさんは、小さく震えている。もしかしたら、やはりペネさんも怖かったのかもしれない。そうだな。命を懸けて悪魔と推理勝負したんだ。さすがに――

と納得しかけた瞬間。

「ノルマ終わったああああああ！　やったああああ！」

ペネさんは大きく身体(からだ)を伸ばすように伸びをした。

「え？」

「初日に仕事したからこれで一週間働かなくて済むよ冥賀くん！　一週間遊び放題！」

それなのか……。

「え、待ってください、本当にまた一週間休む気ですか⁉」

「うん」

「なんでそんなに怠惰なんですか……」

僕がそう言ったのは、ほんの軽口のつもりだった。

だけど――

「……わたし、できるだけあったかいところにいたいんだ」

「……ペネさん？」

僕はなんだか、遠い目をしながらそう言うペネさんの声に、少し憂いを感じたような気がした。

「……外は寒いからね。寒い場所は——嫌いなんだ」

何か、寒さにトラウマでもあるのだろうか。だから毛布をいつも持ち歩いて……？

まあ、あまり踏み込まない方がいいな、と思った僕は話題を変える。

「あ、そういえばフォカロルのやつが口走ってた『デイモス』って誰なんでしょうね」

「……うん、それは気になった。わたしも。でもまあ、今は……とりあえず……」

「とりあえず？」

「家に帰ろうよ、冥賀くん。ゲームの続きしよ！」

のんきだなあ……。

しかし、だ。滞在時間、わずか2時間程度。

それだけで事件を解決してしまうとは、僕の目の前にいるペネさんはもしかしたら……本当にすごい名探偵なのかもしれない。これが僕の相棒である、ペネメー・リドルリドルなんだ。

「ん？　あれ、ペネさんは……」

その時、僕の背中に、とん、と重みが乗っかってきた。

「うええん、もう疲れちゃったあ……冥賀くん、おぶってってって……」

＊＊＊

ペネさんを背負いながら、僕たちは道々会話をする。

「……まあ、でもよかったなあ」

ペネさんが、僕の背中でぼそりとつぶやいた。

「なにがですか」

「わたしが働いてるとこ、冥賀くんに見せられて。そろそろニートだと思われそうで心配してたんだ」

えへへ、とペネさんは笑った。金色の髪を揺らして、年相応の少女みたいに。

「……ねえ、あの時さ、着ぐるみからわたしが出てきた時」

ペネさんはいたずらっぽく笑いながら言う。

「冥賀くん、わたしが無防備すぎるってちょっと怒ってたよね。それって……冥賀くん、わたしにドキドキしてくれてるってこと？」

「……いいえ。気の迷いです」

僕は一言で切り捨てた。今は、そういうことにしておこう。

「そっかー。そーだよねー。えへへ。そうだ冥賀くん、今日は晩ご飯、ラーメンでも食べに行こっか！　冥賀くんがご飯作らなくていいように！」

「……それでもご飯当番が僕なのは変わらないんですか？」

「それはそれ。これはこれだよ、わたしの助手くん」

そうやって、ペネさんは楽しげに笑ったのだった。

第三話 × 学園は踊れど、天使の心は躍らない。

それは、私がまだ小学生の頃の話。

炎を照り返した赤色と、黒い煙が見渡す限り一面に充満している。まずい空気を吸い込みすぎたのか、思考と身体(からだ)が隔絶されたみたいに一歩も動けない。

「にいさん……」

私は、そう小さくつぶやいたまま、その場にうずくまる。

だけど――私を見つけてくれる人はいない。誰も来ないだろうなあ、とも思う。

突然母が失踪したあの日、私は、自分に存在価値がなくなったように感じていた。だから、家が火事になっても、誰も助けに来てくれないのだと思っていた。

「――真理亜(まりあ)」

遠くから声が聞こえる。

「真理亜！　寝ちゃ駄目だ！」

「にい、さん……？」

そこで意識が途絶する。次に目覚めた時、私は一つ上の兄の背中で揺られながら、燃え落ちる家を眺めていた。不謹慎にも、綺麗(きれい)だな、なんて思いながら。

「真理亜(まりあ)、気が付いた？」

「にいさん、なんで、一人でにげなかったの」

「妹をみすてられるわけないだろ。真理亜がいなくなったら、どこだってさがしに行くよ」

「……ありがとう。ハル兄さん」


たぶん、私はその日、生まれた。

生きていくために必要なものを兄がくれた。

それは、私が生きることの無条件の肯定。

ただ生きていてもいいと、そう言ってくれたのは兄だった。

だから、兄の背中に背負われたあの日、あの瞬間、私の全人生の指針が決まったのだ。

誰に後ろ指を差されようとも、兄がすべてだ。

兄のために生きて行こう。兄の味方で居続けよう。依存であっても構わない。

たとえ——世界中を敵に回したとしても。

＊　＊　＊

深夜、寮の部屋で枕元の読書灯を点(つ)けながら、ノートパソコンに高速で文字をカタカタと打ち込む。

「それなんかソースとかあるんですか、っと」

そう言いながら、私は送信ボタンを「ッターン」、と華麗に押す。

「……はい、論破完了」

そして、私は袋から取り出したカントリーマーマームを頬張(ほおば)る。

「もふぁ、もふぁ」

ネットで不逞(ふてぃ)の輩(やから)を成敗した上で食べるお菓子は最高においしい。至福。

「むにゃ……マリアちゃん、またネットで戦ってたの？」

ルームメイトである西宮瑠華(にしみやるか)が二段ベッドの上から私を覗(のぞ)き込(こ)んできた。

「ええ。愚かなブタがこの世の平和を脅かしていたから。ブタはブタらしくブタ箱に帰れと罵倒してあげたの」

「ふふふ、ほどほどにするんだよ、最近は侮辱罪も厳罰化されたからね」

「大丈夫よ、ただ返り討ちにしてるだけだから」

瑠華はとてもいい子だ。彼女と同室になれて運が良かったと本当に思う。

読書オタクがいきすぎてうんざりするぐらい本の話をされることがあるぐらいで、基本的には一番仲の良い親友だ。

そう、私は別に全寮制のこの学校自体に不満があるわけではない。

かけがえのない出会いがいくつもあったと思っているし、取っている授業も興味深いし、施設の使い心地も悪くはない。

ただ——ここには兄がいない。それだけ。

「ねえマリアちゃん、もうすぐ外出許可日だねー」

「ええ。瑠華(るか)はどこに?」

「わたしはねー、実家に帰るよ。田舎だから、のんびりミステリ小説でも読みながら鈍行列車で帰るよ、本十冊ぐらい持ってこうかなって」

「いいわね」

「マリアちゃんもいつもみたいに実家?」

「ええ。私は——この世界で兄のいる場所以外には興味ないから」

「潔いねー。わたし、マリアちゃんのそういうとこ、スッキリしてて好き」

「……ああ、はやく月末が来ないかしら」

全寮制のこの学園に入るとき、親族に決められたルールは一つ。

兄に会うのは月末の外出日一回だけ。

毎月、その日だけが、私にとっての生きる理由だった。

＊　＊　＊

「冥賀くーーん、ボディソープきれてるー」

「………………」

風呂場から、エコーのかかったペネさんの声が聞こえてくる。僕は、それをあえて無視する。

「みょ、う、が、くーーーん、ボディソープがー」

「聞こえてますよ！」

僕は風呂場に向かって叫ぶ。

「後で詰め替えるんじゃだめですか、い、今必要なんですか……？」

「うん。確か、洗濯機の前にあったはずだから」

僕にそれを。差し入れろというのか。

「……は、はい」

僕は、洗濯機の前で新しいボディソープを手に取ると、できるだけ浴室を見ないように背中から手だけ入れて差し入れる。

見ないようにしても、磨りガラスの向こうにシルエットだけは見える。

「ありがとー」

僕の手から重さが消えて、ボディソープのボトルが受け渡された……はずだが、感じている熱気が消えない。ペネさん、まだ、扉を閉めていないのか？

僕は、ちらりと風呂場の中を見た。

「あはは、やっぱ見たー、えっち」

ちゃんと胸元まで洗い用のタオルを巻いたペネさんが僕を見て笑っていた。

「おちょくるのやめてください！」

僕は、勢い良く扉を閉めた。

＊　＊　＊

「ふんふんふー、ふんふんふんふー」

風呂上がりのペネさんが、バスタオル代わりに素肌に自分の毛布を巻いて庭に出ている。鼻歌など歌っていて、非常に上機嫌だ。

「ペネさん、エアコンの室外機で髪を乾かすのやめたほうが……臭くなりますよ」

「んー、でもわたし落ち着くんだよね、こういうすみっこの方が」

「だとしても、せめてドライヤー使ってくださいよ……」

「でもさ、ここまでコンセント引っ張――」

その瞬間だった。

「ぎゃあああああ！」

ペネさんが動きを止めて突然大きな悲鳴を上げた。

「ど、どうしました!?」

ペネさんは、どたどたと庭先から家に飛び込むと、そのまま僕にすがるように抱き付いてくる。

「みょ、冥賀(みょうが)く――――ん！　で、で、出た――――！」

「わ、ちょ、ちょっと……!?」

密着してくるペネさんの柔らかな肌と、洗い立ての金髪の香りが鼻腔(びこう)をくすぐって、僕の理性に強烈なパンチを浴びせてくる。

「で、出たって……何が！」

僕が取り繕うようにそう答えると、ペネさんは後方を指で指し示した。

「変な人が！　お庭に！」

「そりゃそんな無防備な格好してたら変質者も現れ――」

僕は、ペネさんの指差す方を見る。

「……は？」

思わず声が出てしまった。

今の今まで想像していた変質者ではない。

長い黒髪の女性がゆらり、と幽霊のように突っ立っている。

「ひっ！」

「冥賀くん……！　こないだ映画で見たやつ！　『さな子』だよ『さな子』！　来る、きっと来るーって！」

先日僕たちが一緒に観たその日本映画では、ビデオの映像から黒髪の幽霊が出てきて人を次々と呪い殺していた。普段殺人事件も捜査するペネさんのくせに、それを観た日の夜はやたら怯えて僕の部屋で寝ようとしていたのを覚えている。

「で、でもそんな……まさか……実在するなんて……」

すると――

「……は？　何を言っているのですか、兄さん」

『さな子』は、僕がよく知っている声を出した。

「……真理亜？」

僕たちの家の下まで歩いてきたその姿が、明かりに照らされてはっきりする。

肩に鞄を提げたセーラー服、折れそうなほど華奢な四肢。病的なほど白い肌に、その目は凛として前を見据えている。

そこにいたのは、僕の妹である巻島真理亜その人だった。

「ああ、ハル兄さん。庭で動く影が見えたから直接入ってきたのですが——やはり家を間違えたわけではなさそうでしたね。では——」

ピキン、と緊張感がその場に漂う。殺気だ。剣豪なら迷わずその場から逃げ出しそうなほどの。

「——今すぐ離れてください、兄さん。変質者が家にいます！」

真理亜は、持っていた鞄から何かを取り出す。

鉄製のハサミだった。

「たまたまカントリーマームを開ける用のハサミを持っていてよかった。さあ侵入者、兄さんから離れなさい！　すぐ！」

真理亜は、指を通したハサミをひゅんひゅんひゅんひゅんと振り回すと、威嚇するようにこちらに構えを向ける。

「ひいいい！　さな子より怖いいい！」

ペネさんが、僕の後ろに慌てて隠れる。それを見た真理亜が顔面蒼白(そうはく)になる。

「なっ……！　兄さんを人質に!?」

「あ、あのあのそののこれは」

しどろもどろになっているペネさん。

その震える身体(からだ)から——着る毛布が、はらりと崩れた。

「わっ、ペネさん前！　毛布！」

「っ――！　住居侵入だけでなく、露出行為までっ……!?　は、破廉恥極まりない……！　ネットで正義感ぶって暴れてる連中の数倍質の悪いっ……！」

真理亜は、くるくる回したハサミの角度を広げて止め、ナイフのように握り締める。

「やむを得ません。痛い目に遭っていただかなくては」

「ぎゃあああ！」

「ま、待って真理亜！」

僕は慌てて止めに入る。

「兄さん、どいてください。そいつ殺せない」

「その、ペネさんは……僕の同居人で、グリゴリの捜査官なんだ」

真理亜がいったん警戒を解いてくれたのか、身体の力を抜いたのがわかった。

「兄さんが言うなら……。でも、同居人……？　グリゴリ？」

「ほら、ニュースで聞いたことない？　グリゴリっていう天使の特殊部隊がいるって。悪魔犯罪に立ち向かう天使」

「……同居人？」

だが、真理亜は僕の思惑とは別の単語に引っかかっていたようだった。

「……同居人……？」

「真理亜……？」

「詳しく……説明してください。今、私は冷静さを欠こうとしています」

真理亜は、何やら先ほどと違う種類の警戒を始めたようだった。

＊　＊　＊

「……というわけなんだ」

僕はざっと今までのあらましを説明した。

「……なるほど、事情は理解できました」

真理亜は居間でお茶をすすっている。

「美味しいですね、この天界まんじゅうというやつ」

「……も、もっと……どんどんお召し上がりくだせえ……へへへ」

ペネさんがずいとおまんじゅうを差し出す。人見知りモードが発動して、ぎこちない言動がもはや下っ端悪党のようになっていた。

「真理亜、月一の外出日でうちに来るのは明日じゃなかったの？」

「待ちきれなかったので、ゼロ時外出というやつをキメてきました。合法です」

見ると確かに、時計の針はゼロ時を回っていた。真理亜は、ペネさんに向かって厳しい目を向けながら自己紹介する。

「私は……冥賀（みょうが）……では今はありませんが、巻島真理亜（まきしままりあ）。春継（はるつぐ）兄さんの一つ下の妹です」

「よ、よろしくですぅ……うへへ……」

明らかにペネさんがビビっている。無理矢理（むりやり）愛想笑いしようとして、気持ち悪い笑みになっている。

「ペネメーさん、あなた年齢はいくつですか」

真理亜は厳しい口調でペネさんに尋ねる。なんとなく、考えていることはわかる。おそらく、年齢でマウントを取れないか探っているのだろう。

「え、ええと……たぶん二百歳ぐらい……」

「は？」

「い、一応天使なので……時間の進み方が人間とは違って……」

「ちっ」

真理亜の露骨な舌打ち。マウントに失敗した悔しさか。

「だいたい、この家、あなたも住みにくいのではないですか？　最近の私たちの家は、愚かな人間どもが数多（あまた）の嫌がらせをしてくるはずですが」

「……わ、わたし、ちょっと嫌われてるぐらいの人の家の方が落ち着くから……家賃かからないし、あと冥賀くんのご飯もおいしいし、ゲーム楽しいし、寝床は温かいし、いじるとかわいいし……」

「なるほど。寄生虫がちょうどいい寄生先を見つけたということですか。虫なら虫らしく、石の下とかで暮らしてほしいものですが」

「……そうかな。そうかも。そうですね。生まれてきてすいません……」

「落ち着いてペネさん！　ペネさん、一応仕事してるでしょ！　真理亜も、グリゴリの説明さっきしたでしょ！」

「言っていましたね。一週間に一度、悪魔犯罪の捜査をしていると」

「……真理亜は、天使や悪魔を見たことは？」

「ありません。ニュースでしか。悪魔犯罪なんて、実際に降りかかってはないから実感がないのです。でも、ＭＯＶＩＤ(モービッド)の時もそう。実際に感染した人以外、実感持たなかったじゃない」

「そういうもんか」

「気が付いたらバタバタ人が死んでいって。父はその責任を被(かぶ)せられて。だいたい、私にとっては、人間の方が悪魔よ。だって」

真理亜は、僕の腕を掴(つか)む。

「ハル兄さんに、酷(ひど)いことをする人は、全員私の敵です」

切実な顔だった。

正直なところ、僕が冥賀家に残り、真理亜が旧姓の巻島を名乗っているのは、真理亜と僕を引き離すための差配でもあったと思う。

真理亜は、僕のことになると見境がなくなるところがある。そこまで僕のことを心配してくれるのは兄としては嬉しくもあるのだが……。

「う、うへへ……で、でも、ま、真理亜……ちゃん……？」

ペネさんが、怯えつつも真理亜にちゃん付けすると、真理亜は一瞬だけキッ、とペネさんを睨んだが、そのまま何も言わずスルーする。

「ほ、本当にお兄さんの冥賀くんのことが好きなんですね……ええと、なんて言いましたっけ……ええと……ブラコン？　よっ、日本一のブラコン……」

待ってくれ。ペネさん、今のはまさか、真理亜を褒めたつもりだったのか？　人と話し慣れていない悲しさか。ペネさんは……的確に真理亜の地雷を踏み抜いていた。

「……はぁ!?」

真理亜の頭から、架空の血管が二、三本ブチ切れる音が聞こえたような気がした。

「……へっ？」

「ぐぐ愚劣な……！　とと取り消しなさい！　私の兄への感情は、そんなに卑近なものではないのです！　もっと高尚で！　崇高で！　神聖なものです！」

真理亜は、顔を真っ赤にして否定する。昔からそうだった。真理亜は、ブラコンだとからかわれると、そんな言葉で僕との関係を表すな、と誰彼かまわずブチ切れるのだった。

「ひい、そ、そんな、わたし……」

そして、真理亜が不敵に笑い始める。

「ふふふ……だいたいペネメーさん。本当にいいのですか。私を敵に回しても」

「な、なんででしょうか……？」

「私がインターネットで何と呼ばれているか知っていますか」

「さあ……」

「インターネットをさまよう幽鬼のごとき論破王！　闇より這い出てレスバする、人呼んでインターネット・バーサーカー！　それが私のことよ！」

真理亜は自慢げに華奢な胸を張る。背後に日本海の荒波のイメージが見えた気がした。

「……は、はあ」

そりゃペネさんもそういうリアクションになるよな。別にそれ、自慢できる称号じゃないと思うし……。

「いいですか、ペネメー・リドルリドルさん」

「は、はい」

「あなたが何歳生きているかは関係ありません。最初に兄と出会ったのはいつですか？」

「それは……な、内緒です」

……あれ？　ペネさん、今なんで僕と出会った時のことを隠したんだろう。隠す必要のあることとか？　それとも……もう忘れちゃったとか？

「……五月下旬ですよ、ペネさん」

仕方がないので、僕が助け船を出してやる。

「あ、そうだった……あ、ありがとう冥賀くん……」

「知ってるかしら？　ペネメーさん。実は五月下旬から……明らかに兄の寝付きが悪くなっています」

真理亜は言い切った。それを聞いてペネさんが僕に尋ねてくる。

「……え、冥賀くん、そうなの？」

「ま、まあ……」

ていうか、真理亜はなんでそれを把握してるんだ。

「ふふん。私のスマホには毎日、自動で兄の就寝時間が届くように設定していますから。兄のベッドに、睡眠時間計測装置をつけているので」

「そうなの!?　いつ設置したのそれ!?」

「つまり……兄は根を詰めすぎているようです。そのグリゴリの助手という仕事に」

いや、正確には……隣の部屋にいるペネさんのことを意識してしまうと眠りづらくなっているってだけなんだけど……。

「しかも……話を聞く限り、悪魔と対決するその仕事には危険が伴うのではないですか？　兄の健康も安全も犠牲にして、申し訳ないと思わないのですか、ペネメーさん！」

「それは……」

「一般人を、危険が伴う仕事に引きずり込むことに罪悪感もないのですか!?」

「そ、それはぁ……。す、少しは悪いなって……思うけどぉ……」

論破王が本領を発揮してきた。痛いところを突かれたと思ったのか、ペネさんも言葉を濁してもじもじし始める。そして、真理亜はレスバでの勝利を確信したのか、おもむろに両腕を上げると――

「びっくりするほどコロンビア！」

妙な勝ちどきで勝ち誇ってみせた。

真理亜はいつもネットに入り浸っているからとは言うものの、そういう変な語彙を使うのやめてほしいんだけどな。まあ、それはそれとして――

「……真理亜、そろそろやめなよ」

「……え？　兄さん……」

「ペネさんの助手の仕事は、僕が好きでやってることだ。それに……これがうまくいけば、父さんの事件の再捜査をしてもらえるかもしれないって約束になってる」

「……父の事件の再捜査を。それは――」

　真理亜は、二の句が継げない。少し考えればわかるだろう。真理亜としても、父の冤罪が証明されれば、もう一度家族で暮らせるようになるかもしれないのだから、悪い話ではないはずだ。

「……ふう」

　真理亜は、しぶしぶ納得したといった感じで溜め息を吐いた。

「わかりました。ひとまず……今日はそういうことで矛を収めておきましょうか」

「……真理亜、ペネさんと仲良くできないかな」

「それはできません。いいですかペネメーさん」

　そして、真理亜はペネさんに向かって言い放つ。

「今回はいったん引き下がります。ですが、私は……あなたを認めません。私の全人生、全存在をかけてあなたを否定してみせます！　覚えていなさい！」

「は、はい……」

　ペネさんはその言葉にだいぶビビっていたようだった。

＊　＊　＊

　結局、真理亜が一晩泊まって帰っていった次の日、僕とペネさんは居間で話し合っていた。

「……結局、最後まで警戒を解いてくれなかったね、真理亜ちゃん……」

「ごめんねペネさん。悪い子じゃないんです。そのはずなんだけど……」

ちょっと自信がない。前より益々意固地になって、僕以外のものが目に入らなくなっているように思えたから。

「うん。そんな感じはしたよ、わたしも。冥賀くんの妹だなって思った」

「……え？」

ペネさんから出るには意外な言葉だった。

「冥賀くんのためにあそこまで必死になってくれる人、少ないもんね。大事にした方がいいよ」

「……うん」

思ったより、ペネさんが真理亜に悪印象を抱かなかったようで、僕はほっとしていた。なら、真理亜からペネさんへのわだかまりさえなくなればいつか和解の目も……。ないかな……。あるといいな。

なんとなく、そんな希望的観測を持っていたいような、そんな気分だった。

＊　＊　＊

寮に帰った私は、さっそく朝から不満や怒りを同室の瑠華に対してぶちまけていた。

「へー、じゃあマリアちゃんがお兄ちゃんのところに行ってきたら、他の女の人が住んでたんだ。修羅場だね」

「そう！　あのペネメーさんとかいうニート……いずれ私の全存在をかけて否定してあげるわ！」

私は怒りにまかせて、勢いよく枕を叩いた。その度にばふん、ばふん、という音がした。

寮の二段ベッドの上で瑠華がだらだらと話を聞いてくれることに感謝しながら、瑠華のおみやげのよもぎ餅をむしゃむしゃと頬張る。

「でも、一応年上だからさん付けするんだね。マリアちゃんのそういうとこ、わたし好きだよ」

「それは……だって、当たり前じゃない？　年上の人に敬意を払うのは」

「うんうん。そういうとこ」

なぜ瑠華が私を微笑ましく見ているのか謎だけど。

「……しかもね。その天使……グリゴリだって言うのよ」

「天使？　グリゴリ？」

「ええ、言ってなかったかしら。天使が悪魔犯罪を捜査するための機関……探偵集団のようなものらしいわ。ペネメーさんは、その推理担当。でも——きっと、悪魔も天使も変わりないわ。どっちもゲームみたいに人間の命を弄ぶ、クソ連中よ」

「……えっ」

瑠華が食いついてきた。

「えええええええええ！　あの天使たちによる探偵集団!?　うううそカッコいい、そその話詳しくっ！」

「な、何よ、いきなり」

こういう話は瑠華の大好物なのか。

「わ、わたしわたし！　ミステリ小説が大好きで！　ほら、グリゴリって人たちに興味津々だったんだ！　だ、だって現実にいる探偵だよ！　不可能犯罪事件に挑むんだよ！」

「……そうなんだ。瑠華、確かに、あなたいつもそういう本を読んでるわよね」

暇さえあれば、ベッドでいわゆる推理小説を読んでいる瑠華の姿を見ている気がする。

「あ、ちなみにマリアちゃんが見てるその十倍は電子書籍で読んでるから」

「そんなに」

「スマホ一台あれば、寮にいても無限にミステリ小説を読める……ほんといい時代になったよねえ」

瑠華は私を置き去りにして、なおも熱く語る。

「わたし、ミステリ作家の中ではジョン・ディクスン・カーが一番好きで、カーはね、『密室の王者』って呼ばれるぐらい密室トリックに拘ってたりとか、怪奇趣味もあったりして。電子化されてないのも多いから古本屋巡りが欠かせないの」

「……へえ」

また始まってしまった、本オタクである瑠華の小説談義。

「わたしがカーの中でも一番好きなのはなんてったって『火刑法廷』ね。それはね『魔女』が存在するとされる世界観でのミステリ小説なの。面白いでしょ。一つのプロットを推理小説としてもオカルト小説としても読むことができて、読む度に違う側面を見せてくれるし、読者に解釈を委ねる終盤もわたし好みで……」

話が長くなりそうだ。

「待って待って瑠華。その話は今度ね。ほら、もうすぐ授業始まっちゃうわよ」

「……ちぇっ」

私が話を遮ると、瑠華は心底残念そうだった。

「それより瑠華。今日の一限は……移動教室だったかしら？」

「うん、そうだよー。社会科室。時計塔の六階だねー」

私たちの学園は、大きな敷地の中に凹の字型の校舎が設けられており、校庭の中央には大きな八階建ての時計塔がそびえ立っていて、そこも授業で使う。実質、学園の別棟だ。

時計塔の中心は大きな吹き抜けになっており、その周りを螺旋階段で上っていく構造になっている。各階ごとにいくつか部屋があり、そこを移動教室で使っているのだ。

どうやら、元々宗教的な意味合いが強い学校らしく、時計塔を建てさせたのも昔から人類と関わっていた偉い天使だとか、例のパンデミック以降、天使との契約で補助金なども出て重要な施設になっているとか、色んな話や噂がある。

……天使、という言葉を聞くとこないだのペネメーさんのことを思い出して少し胃がムカムカするのだが。

「じゃあ、遅れないように行きましょう、瑠華」

「うん、マリアちゃん！」

そして、私たちは寮を出て、校庭を横切り、中央の時計塔に向かう。時計塔の一番つらいところは、エレベーターがないところだ。

私たちは、ひいこらと階段で社会科室に向かっていた。すると、ちょうど社会科室の前に来たところで、瑠華が「あ、」と小さく声を上げて振り返った。

「どうしたの？」

「あはは……わたし、自分の部屋に社会科の資料集忘れてきちゃったみたい」

「え。せっかくここまで上ってきたのに。もう授業、始まっちゃうわよ」

「ごめんマリアちゃん、先に教室入ってて！　私、急いで取ってくるから！」

「……仕方がないわね。私、先に入って席だけ取ってるわ。先生に聞かれたら、うまくごまかしとくから」

「わわ、ありがとう、マリアちゃん！　あ、じゃあ私の筆箱だけ机に置いといて！　じゃああとでね！」

急いでとたとた、と階段を駆け下りていく瑠華。

「せわしない子ね。まあ……あの明るさに救われてもいるのだけれど」

私は、瑠華の筆箱を胸に抱え込む。

その瞬間だった。

「……？」

ふわり、と目眩（めまい）のようなものを感じた。足元が、宙に浮くような不安定な感じ。

「……何かしら。今の目眩」

週末、無理をしたから身体（からだ）にガタが来ているのか？

まあ、元々身体が強い方ではないが、そこまで虚弱になったか。今日は、授業の後、すぐに寮に帰ろうかしら。

「瑠華は……あれ？　もう時計塔を下りきったのかしら？」

この場所から、階下を覗き込（のぞきこ）めば、出入り口が見えるはずだ。だが、瑠華の姿はもうそこにはなかった。

結論から言えば、その後、瑠華は戻ってくることはなかった。

社会科室の前で別れてからわずか数秒。

その、わずか数秒の間に、瑠華はまるで煙のように消え失せてしまった。

あまりにも唐突な、人間消失。

悪魔による誘拐声明が届き、それが悪魔犯罪だと判明したのは、翌日のことだった。

＊　＊　＊

「ぐでー」

今日も誰の目から見ても、ペネさんがぐでっとしていた。居間に寝転がって、スマホを見るぐらいしかできない、といった感じに微動だにせず凝視している。

「……ペネさん、どうしてそんなにだらけてるんですか」

「いやね……週末、ずっと真理亜ちゃんがうちにいたから気が休まらなくて……知らない人と話すと、ほら、HPってよりMPが削れて……」

「その感覚はまあ、わからなくもないですけど」

「……あ、今週の新しい事件の依頼が来てる……。そろそろノルマこなさなきゃかー。仕事、めんどー……」

「……どういう事件ですか？」

「えーと、ね……」

ペネさんはグリゴリ用スマホアプリの、事件概要欄を読みあげる。

「聖鐘学園において、昨日女学生の消失事件が発生。さらに、本日悪魔による誘拐声明文が出されるにいたり、当局はこれを悪魔犯罪事件と認定。グリゴリに出動を要請しました、だって」

「……聖鐘学園？」

その学園の名前に聞き覚えがある。

僕は数秒悩んで、すぐに違和感の正体に思い当たる。

「……それ真理亜の通ってる高校です」

「えええ！　まあでもまさか、真理亜ちゃんの身になにかあったわけじゃないよね。生徒いっぱいいいるはずだし……」

「まさか……ですよね」

僕はそう言いながらも、嫌な予感が消えない。

「ペネさん、詳しい被害者の氏名とかは？」

「えーとね……。あ、載ってる。被害者の名前は、西宮瑠華。それから、事件の通報者である第一参考人の名前が……あ。巻島真理亜（まきしままりあ）だって」

　嫌な予感は、当たらずとも遠からずだった。

＊　＊　＊

　ということで、僕たちは事件捜査のため、真理亜が通っている全寮制の女子高……聖鐘（せいしょう）学園の前に来ていた。

「学校かー、いい思い出がないなー」

「ペネさんも、やっぱり学校って行ってたんですか？」

「そりゃ、行ってたよ！　……まあ、友達は、ね。それは、うん。あんまりいなかったかもだけど……うふふ……」

　やはり、灰色の青春時代を過ごしていたらしい。

「——グリゴリの捜査官の方ですね、お待ちしておりました。事件の関係者以外の生徒には、本日休校ということで連絡してありますので、ご存分に捜査ください。それではこちらから」

　来校者受付のところに向かうと、学校の先生か守衛かわからないお爺（じい）さんが、扉を開けてくれる。

「ありがとうございます」

そして、僕たちは聖鐘学園の敷地に足を踏み入れた。敷地の中は、そこらに天使の像が建てられたりしていて、なかなか荘厳な雰囲気が漂っている。

「しっかし、ここ面白い構造の学園ですね、ペネさん」

僕は、学園のパンフレットに載っている地図をチラ見しながら、校庭を歩く。

この学園の全体構造において、やはり一際目を引くのは中央にある時計塔なのだが、それを三方から取り囲むように校舎が建っているのも奇妙だ。開けたもう一方には、鬱蒼とした森林を持つ山がどーんと構えている。

僕たちが入ってきた扉は視界の開けた方と逆側――凹の字の底辺にあって、そこから校舎を通り抜けるように進み、時計塔を左手に見ながら職員室があるという凹の字の右辺に向かって歩いていく。

「ペネさん、もっと詳しく今回の事件の情報を教えてください。被害者の女の子が一瞬の隙に姿を消した神隠しがあって……翌日、悪魔から犯行声明文が出たんでしたっけ？」

「そうそう、学園に手紙が届いたんだって」

「どんな内容で？」

「大したことは書いてなかったよ。女生徒を一人誘拐した、ってことと、例の【謎】と、犯人の悪魔の名前ぐらい」

「……ふーん……」

僕は、その言葉を一瞬受け入れてから――

「あー、まだ慣れてないな、悪魔犯罪に……なんで逮捕しないんだろうって一瞬思っちゃいました」

「……そうだね。わたしたちの事件は、犯人の名前を知るだけじゃなくて、犯人の出す【謎】を解かなきゃいけないから」

「……ちなみに、その犯人は何て悪魔なんですか？」

ペネさんは、スマホをフリックして、姿を見せる。

そこには、ごつい身体の、力士みたいな格好をした悪魔の写真が写っていた。

「こいつ。空間の悪魔、セーレ。こいつの能力は、『任意のもの』を、別の場所に移動させること」

「じゃあ、普通に考えれば、その能力で女学生をどこかに移動させたってことですかね」

「……そういうことかな。だから、今回わたしたちが挑戦する【謎】はこれだって」

【謎】空間の悪魔セーレが女生徒・西宮瑠華を誘拐した「方法」とは何か？

＊　＊　＊

さっき、受付の人に聞いた話によれば、僕たちが話を聞こうと思っていた『参考人』は、二階にある職員室の前で待っているらしかった。地図の通りに階段を上って職員室の前に行くと、椅子に座って項垂れているその人の姿が見えた。

「……真理亜」

薄暗い廊下の中、僕の声を聞いて、真理亜がはっとしたように顔を上げる。そして——

「……ああ、兄さん！」

真理亜は、僕の胸の中に飛び込んできて、ぎゅっと抱き付いてくる。

「来てくれたんですね兄さん、来てくれると思ってました……。その、私の、私の親友が誘拐されて……」

そう言いながら、真理亜は大粒の涙をボロボロと流す。

「……落ち着いて、真理亜。その事件を解決するために僕たちが来たんだから」

「僕たち……？」

そこで、真理亜が僕の背後に目を向けると、ペネさんがおずおずと挨拶した。

「ど、どうも……うへへ……」

相変わらず、慣れない愛想笑いでちょっと気持ち悪いフェイスになっている。

「……最悪」

そんな言葉が、真理亜の口をついて出る。まあ、こないだは『私の全存在をかけてあなたを否定する』とまで言っていたしな。

「……なんであなたなんですか」

真理亜は、ペネさんを睨みながら言う。

「いや、グリゴリの事件は、上の人から割り当てられるから……偶然で……」

「……はあ。仕方ないですね。あなたの存在はマイナスですが、とりあえず、こうして外出日以外に兄さんと会うことができたので……プラマイゼロの不問とします」

「……え、えへ……あ、ありがとね真理亜ちゃん……」

しかしペネさんも存在自体がマイナス扱いとは酷い言われようだ。

「真理亜、とりあえず、その女生徒の消失現場まで案内してもらえるかな。時計塔の社会科室、だっけ」

「……はい。わかりました、兄さん」

僕は、せめて二人の潤滑油になろうと試みるのだった。

＊　＊　＊

「うえええ、なんで階段ないの……」

僕たちは、特にペネさんは這々の体になりながら時計塔の社会科室まで螺旋階段を上がっていく。

「ま、待って、冥賀くん、真理亜ちゃん！　休みながら行かないと、無理……！　引きこもりには、途中まで上がるだけで精一杯……」

　明らかにペネさんが膝に手をつき、息を切らして死にそうになっている。

「ふ、ふふ……やはり、こんなもんですね、ひ、人の家に寄生するしか能のない、ニート天使は……お、思い知りましたか……はあはあ……」

　と張り合う真理亜も、息切れしている。ニート天使とネット弁慶の次元の低い張り合い。見ているのがややつらい。

　そして、僕たちがやっとの思いで五階まで上がってくると、目の前には社会科室があった。真理亜は、記憶の糸を辿るように、あの時あったことを思い出し、話してくれる。

「……ふう……私と瑠華は、あの時もここまで同じようにひいこら上ってきました。そうしたら、瑠華が資料集を忘れたと言って、私に筆箱だけ託して、慌てて階段を駆け下りていきました。その途中で……ふっと見た瞬間、瑠華はもういなかったんです」

「……真理亜ちゃん、何かその時、おかしなことはなかった？　怪しい人影を見たとか」

「いえ……あ、そういえば」

「目眩、を感じたかもしれません」

真理亜は、何かに思い当たったようだった。

「……むむむ」

その言葉を聞いて、ペネさんは少し考え込む。

「ちなみに冥賀くんは、可能性としてはどういうのが考えられると思う？」

ペネさんはいきなり、僕に意見を聞いてきた。

「そうですね……いわゆる『人体消失トリック』ですか……思いついたこととしては……窓からこう、ハゲタカみたいなものを移動させてそれに攫わせたとか？　荒唐無稽ですかね？」

「……ううん。あらゆる可能性を検討してみるのは重要なことだよ。まあ、でもそれはないかなあ。……この螺旋階段、途中に窓はなかったから」

「ですよねえ」

「アプリの情報によるとね、セーレの移動能力は、物理的に可能な場所にしかものを移動させられないみたい。つまり、壁を突き抜けることはできないとか」

「なるほど……」

「でもいくつか部屋ならあったから、その部屋の一室に引きずり込んだ……？　いや、それでもその先どうするって感じだもんね。むむむ」

と、僕らが意見を交わして可能性を検討していると。

「……むう」

なぜか、真理亜が頬を膨らませている。

「どうしたの、真理亜」

「なんだか兄さんとペネメーさんが息通じ合ってて、私、あんまり楽しくないです」

「まあ、僕らはバディだから……」

と答えるも、真理亜の機嫌があんまり悪くなるのもいやだなあ……なんて思っていたところ。

「……ねえ冥賀くん。わたし、この時計塔から出て周りを見に行きたいんだけど」

ペネさんが、僕の裾を引いてそんなことを言い出していた。

＊　＊　＊

僕たちが先ほどと同じように螺旋階段を下って時計塔から出ると、ペネさんは、付近の地面、コンクリートで舗装された部分を、這うように虫眼鏡で観察し始めた。

「ペネメーさん、何をしてるんですか……蟻の観察？」

いきなり、奇妙な行動を始めるペネさんに、見下すような感じで真理亜が言う。

「あ、それとも！　自分がついに人間の靴でも舐めている方が相応しい怠惰なよわよわ天使だということを自覚したのですか？　なら言ってあげましょう、ざぁこざぁこ」

真理亜の言葉、それもう論破というより、ただの誹謗中傷ではないのか？

ペネさんは、むくり、と起き上がる。

「いやー、ちょっと痕跡を探してたんだよね」

「痕跡……？　何のですか？」

「エフロレッセンス」

「え、えふろ？」

聞き慣れない言葉に、僕は動揺する。

「ほら、コンクリートって、時々白く変色してるところがあるでしょ。それはね、コンクリートの中にある水酸化カルシウムを含んだ水分が、日光の当たらない場所でゆっくり蒸発する時に炭酸ガスと結合して結晶化するからなんだ。この現象は、エフロレッセンス（白華現象）と呼ばれているんだよ」

そして、ペネさんは改めて床に這いつくばる。

「だから、ほら、おかしいんだ。明らかにこの辺まで日光が当たってるのに、エフロレッセンスを起こしてる。……真理亜ちゃんも見てみる？」

「……私に這いつくばれと？　まあ、いいですが」

真理亜は、観念して思いっきり身を屈めて地面を調べる。

「……あれ、でも本当ですね。ここの辺りのコンクリート、色に違和感があります」

ペネさんは、くるり、と時計塔を見る。

「う——ん、そうなると、やっぱりわたしの仮説が正しいのかなあ……」

ペネさんは今回も真っ先に何かに気付いているようだった。

だけど、すぐに僕らに教えてくれないのが、ペネさんらしいというか……。

「……何かに気付いたんですか、ペネさん」

「気付いたといえば気付いたんだけど……でもまさか……」

ペネさんは真理亜に尋ねる。

「真理亜ちゃん、この時計塔って何階建てだっけ」

「八階建てです」

「……社会科室があるのは？」

「六階ですけど……」

すると、突然ペネさんが唸るように叫んだ。

「うううううううん！　ああああああああ！　やっぱなあああああ！」

どうかしたかと心配になってしまうほどの呻き声だ。

「ど、どうしたんですかペネさん」

「やっぱりそれしかない……それしかないんだよね。えー、でも、こんな……こんなトリックやるかな……あまりにバカバカしくて……悪魔は、なんでこんなことを……」

そして、ペネさんは、僕と真理亜の二人に向き直る。

「とりあえず……今回の謎は全部、毛布に入ったよ」

「さっきから何言ってるんですか、ペネメーさん！　わかったならわかったことを言ってくれないと何も伝わらないんですよ——これだからニート天使は……」

僕よりペネさんに苛立っているのは真理亜だった。

「真理亜、これはペネさんのいつもの仕草で……」

だが、僕たちの会話に比して、ペネさんは何か緊迫感のある口調で言った。

「これ……ことは一刻を争うかもしれない。冥賀くん、今すぐサー姉に連絡しよう！」

「え、そんなすぐにですか？」

「時間がないの！　召喚しなきゃ！　空間の悪魔セーレを一刻も早く！」

＊　＊　＊

それから、ほどなくしてサハリエルさんが学園までやってきた。

「ふわーあ。眠いぜ……わりぃ、昨日、夜まで飲んでたからさあ……」

髪も乱れているし、その姿は、完全にくたびれたＯＬだ。

「朝からごめんね、サー姉」

「あ、サハリエルさん、どうも……」

　僕たちの挨拶に合わせて、真理亜もなんとなくお辞儀する。

「……どうも」

　一方、サハリエルさんは学園全体を興味深そうに見渡す。

「しかし、全寮制の女子高か……あたしにもあったな……こんな時代が」

「……サー姉が何かを思い出してる」

「ああ……あの頃のあたしは、とにかくツッパってたな。触るものみな傷付けてよ……よその女子天使高にカチコミに行ったこともあったな」

「よく、その頃堕天させられなかったね、サー姉」

「まあ……確かに、危うく天界を追放される寸前まで行ったことはある。だけど……あの日、あたしは生まれ変わったんだ。とある出会いによってな」

「なるほど。サハリエルさんを導いてくれたいい大人がいたんですね」

「……かわいかったんだよ。ミルフィーちゃんが」

「え？」

「地元のファンシーショップに売ってたウサギのマスコットキャラを見てさ。思ったんだよ。あたしは……ツッパるのやめてミルフィーちゃんに相応しい女になるってよ！」

　ただ、かわいいものに目覚めたというだけの話のようだった。

「かあーっ……しかしよお！　女学生はいいよなあ！　かわいいもの堂々といっぱいつけられてよお！　ちょっとさ……時々思うことがあんだよ……この歳になって、かわいいもの集めてるの痛いんじゃねえかって……。若さが羨ましいぜ……クソ……！　あーあ、あとで居酒屋いこ……日本酒とイカの塩辛で締めよ……」

　サハリエルさん、やっぱり言動がやさぐれたＯＬなんだよな。

「それよりサー姉、セーレと推理対決したいの。はやく」

「おお、そうだったな。んじゃ、待ってろよ」

　サハリエルさんが召喚の逆五芒星を、ステッキのようなもので地面に描き始める。

「……真理亜ちゃんは、どうする？　悪魔と対決するのは危険が伴うから……安全のためにいったん離れててもらった方がいいと思うんだけど」

　ペネさんがそう真理亜に提案するも。

「何言ってるんですか。私は引きません。兄さんもここにいるんですから。それに……私の友人の命が危険に晒されているんです」

「……だよね。うん。なら大丈夫。わたしが――推理を間違えないようにするから。そうすれば悪魔の力も手出しできないはずだから」

いつも思うけど、それ危ない橋なんだよな。

そうこうしているうちに、サハリエルさんは逆五芒星を描き終わったようだ。すう、と大きく息を吸って。

「出でよ！　空間の悪魔セーレ！」

ぽん、と逆五芒星から煙が上がって、黒い影が現れる。

「わっ!?」

悪魔召喚を初めて見た真理亜がさすがに驚いているようだった。

「ごわす……」

そんな言葉とともに現れたのは。

「ごわすごわすごわすごわす！　おいどんが……空間の悪魔セーレでごわす！」

力士のように横に広いビジュアルを持つ、半裸で髭だらけの男だった。なんか、雰囲気的に、ランプの魔人が出てくる感じにそっくりだ。

「何の用でごわす……って、おお、おそらくは先日の女生徒誘拐の件でごわすな！」

「ご名答」

ペネさんが一歩前に出る。

「我が名は『グリゴリ』、ペネメー・リドルリドル。汝に提示された【謎】に基づき、【推理】で汝を打ち負かさん」

不敵に舌なめずりするセーレ。かくして――今回の推理対決が始まった。

「……ふふふふ。それではさっそく、今回の【謎】でごわす。おいどんは――女生徒をどうやって誘拐したでごわすか？」

「ううん……」

ペネさんは少し考え込むと、僕に向けて言う。

「今回のトリックね、わたしはもうわかってるんだけど」

「はい」

「冥賀くんも考えてみない？」

なぜか僕に矛先が向かってきた。

「はあ!? ぼ、僕が!?」

僕は、すっかりペネさんの鮮やかな推理を拝見するつもりでいたのだが。

「ま、待ってください、全然わかってないですよ僕！」

「まあ、あんまりにも変な推理しそうになったら軌道修正してあげるから」

じゃあ……そこまで言うのなら、ちょっとは自分でも考えてみることにする。僕は先ほどのペネさんの行動を思い出す。

「……ええと、瑠華さんが誘拐された、その場所につながる手がかりが地面のコンクリート、それも日光の当たる場所だったってことですよね……むむむ……」
　僕は、ペネさんに向かってこっそり耳打ちで自説を披露する。

「もしかして……地面の下とかですか？　女生徒を地面にものすごく深く埋めたら、地下水が出てきたからあのエフロレッセンスが出てきたとか……」

すっごく自信なさげに言ったつもりだ。だが、ペネさんは。

「冥賀くん。それ、セーレの前で言わなくてよかったね。全然違いすぎてびっくりした」

「だったら言わせないでくださいよ！」

　素人に謎なんて解けないよ。

「冥賀くん。今回のトリックはね……実は、めちゃくちゃ簡単な一単語で表現できるんだ。それが出てきたらこの謎解き、もう終わりだよ」

「一単語……」

　考える。何がキーワードだ。教科書。時計塔。資料集。寮。

「う――――ん……。わ、わからない……」

「ほら、これこれ」

　すると、ペネさんは両手を振り上げて思いっきり横にスイングする真似をした。

「あっ、野球ですか？」

「違うよー！　しょうがないなあ。わたしが答え合わせするかあ」

ペネさんは、セーレに向かって指を差す。

「今回の【謎】。ズバリ、空間の悪魔セーレが仕掛けたトリック……」

そして、ペネさんの解答が提出される。

「その答えは……【だるま落とし】だ」

「……だるま落とし？」

「実はね。最初っから違和感があったんだ。敷地を歩いている時、見ていたパンフレットにはこう書いてあったんだ。『この学園の時計塔は八階建てです』って。だけど、冥賀くん。あの塔、何階建てか、今、指で数えてもらっていい？」

「ええと……一、二、三……七階建てですかね。……え!?」

僕はすっとんきょうな声を上げてしまう。

「そんな、嘘……時計塔は八階建て……え？　あれっ！」

真理亜も驚愕のあまり口を覆う。

「今回の悪魔は、あまりにも大胆なものを誘拐していたんだ。『人』を誘拐したんじゃない。瑠華さんが階段を下りてちょうど五階に差し掛かったタイミングで——時計塔の『五階』を誘拐したんだ。あいつが仕掛けたのは『人体消失トリック』じゃない。時計塔の『五階消失トリック』だったんだ！」

「ご、五階消失ぅ!?」

「……上まで上った時、冥賀くんはこう思わなかった？　社会科室は『五階』にあるって」

「え、そうじゃなかったんですか？」

「違います兄さん！　社会科室は六階です！」

「そんな、まさか……」

だが、真理亜は得心がいったように手を叩く。

「そうか……私、息も絶え絶えに階段を上がったから、そこが何階か気付かなかったんだ……。そういえば……瑠華がいなくなったあの瞬間、私は目眩を感じていました。あれは——私のいた場所が一フロア分落下した衝撃だった……ってことですか!?」

「で、でもペネさん、さすがにそんなことがあったら気付くんじゃ……」

「普通なら、建物から一フロア抜こうとしてもうまくいかないで建物が壊れるだけだろうね。だけど、超自然的な力で抜き取ることができるなら、できる……かもしれない。なにしろ……構造が金太郎飴みたいに変わらない時計塔と螺旋階段だよ。それに、わたしが最後に確認した地面のエフロレッセンス。明らかに日光が当たってる場所が変わっていた。あれは、時計塔の高さが変わって低くなったからだったんだ。太陽の軌道は、簡単に動かないからね」

「じゃあペネさん、本来の五階は——」

ペネさんは、校舎から開けた場所……その方向を指差す。

「一方向開けてるでしょ。その先の山の中に飛ばしたんだと思うよ」

その光景を思い浮かべて、僕は構図のあまりのバカバカしさに頭がくらくらする。時計塔からだるま落としのように弾き飛ばされて山の中に飛んで行く『五階』。

「くくく……」

セーレはさも可笑しそうに俯く。

「で、ごわすなあ。さすがにバレるでごわすな」

僕は違和感を覚えた。完全に開き直っている。というか、これも罠なのだろうか？　その違和感を指摘するように、ペネさんがセーレに言い放つ。

「セーレ。たぶん、お前の目的はもう達してるんじゃない？」

ペネさんの言葉に、セーレは悪びれる様子もなくぴしゃり、と額を叩く。

「おっと、お見通しでごわすか。その通り。おいどんの目的は既に果たされてるでごわす。あの『五階』には、デイモス様にとってまずいものがあったのでごわすよ。だから、おいどんはその部屋で証拠を消した後、指示のあったタイミングで五階ごと吹き飛ばして山の中に埋めたのでごわす。狙い通り、これで証拠は完全に消えたでごわす……くっ！」

「……デイモス!?」

僕は思わず叫んでしまった。また、こないだからちょくちょく出てくる名前が出てきた。

「誰なんだ、そいつは、セーレ！」

「おっと、それはさすがに言わないでごわす。ただ……最後にいいことを教えてやるでごわす……天界には、【裏切り者】がいるから気を付けるでごわすよ」

「……は？」

ペネさんが、狐(きつね)に抓(つま)まれたような顔をする。

「せいぜい、疑心暗鬼で苦しむといいでごわす。クワアアアアハハハハ！」

そんなセーレの言葉を断ち切るように、サハリエルさんが叫ぶ。

「おい、ペネメー！　余計なこと喋(しゃべ)らせるな。今すぐそいつの動きを止めろ！」

それを聞いて、ペネさんがはっと我に返る。

「……そ、そうだった……！」

ペネさんの指先が、青白く光る。

「セーレ、今言ったのがわたしの【謎】への解だ！　『女神の裁定(クイーンズ・デイシジョン)』！」

ペネさんがそう叫ぶと指先から光が放出される。

「ぐあああああああ！」

光線は、セーレに向かって直進し、そのままぶち当たる。と同時に、セーレが地面に膝をつく。

「天も、これが真実だと……言っている！　サー姉！　今のうちに！」

「おうともよ！　任せろおおお！　ふん、縛(じば)、るううう!!」

言葉と共に、サハリエルさんが、セーレに向かって手刀を放つ。その手刀は、セーレの心臓の方まで埋没し――

「ぐあああああ！」

セーレの悲鳴のような絶叫。そして、サハリエルさんが手刀を抜いた場所から、大樹のように伸びてきた鎖がセーレの身体中を包み――その動きが、やがて止まる。

それきり、セーレは完全に硬直して動かなくなった。

「やれやれ、最後にとんでもねえ爆弾落としていきやがったなこいつ……よいしょっと」

そのセーレの身体を、サハリエルさんが担ぎ上げる。

「あー、んじゃ、あたしは……こいつを煉獄に連れてかないといけねえから……またな」

「ん、よろしくね、サー姉」

「あー、学生ほんといいなー、戻りてえなちきしょー」

そう言いながらサハリエルさんは、敷地から去って行った。

「……これで終わったのかな」

僕は、ぽつりとつぶやく。

「……何言ってるの、冥賀くん。それから……真理亜ちゃん。わたしたちが急がなきゃいけないのはこれからだよ」

「これから……？」

そして、ペネさんのその言葉を聞いた真理亜も僕もハッとする。

「そうだわ！　瑠華（るか）の行方が！」

「うん。そう。行方不明になってる西宮（にしみや）瑠華ちゃんがいる場所は——」

ペネさんは、開けた山の景色に向かってまっすぐ腕を伸ばす。

「あいつが飛ばした五階。あそこの山の中に埋まってるはず」

「……ってことは」

「早く掘り返さないと、酸素がなくなって瑠華ちゃんの命に関わるよ。……生き埋めになった人間の生存確率の分岐点となる時間。それは72時間ぐらいと言われているから」

「72時間……待ってペネさん。事件発生からもう結構経（た）ってますよ！」

それを聞くやいなや、僕たちは時計塔に面した山に向かって走り出していた。

＊　＊　＊

私は、生まれた時から身体があまり強くなかった。

風邪を引いたり、怪我（けが）する度に、生死の境を彷徨（さまよ）っては、周りに迷惑をかけていたように思う。

母がいなくなった時も、自分の身体（からだ）のせいだと、自分自身を恨んだ。

周りの誰よりも命について考え、恨み、悩み、憎み、裏切られ、理解し、感銘し、絶望し、惚（ほ）れ直し、その分だけその度に命についての思いは深くなっていった。


現代では、ＭＯＶＩＤ（モービッド）や、悪魔犯罪を経て、人の命は軽くなったと言われる。

だけど——私はそれが許せない。腹立たしいのだ。

兄に、命そのものを肯定してもらったことを忘れたくないから。

だから私は、叫び続ける。

すべての生ある人へ。

自分はここにいるのだと。あなたもそこにいてほしいと。

祈りのように願い続ける。生きていてほしいと。


「瑠華（るか）！　聞こえる!?　瑠華！」

私は、必死に山をスコップで掘り続けている。

現場の山に着いたとき、あからさまにそこら中の地面がぐちゃぐちゃに掘り返されていた。おそらく、セーレが飛ばした時計塔の五階がここにぶつかり、交通事故のような現場が生まれてしまったのだとペネメーさんが言った。

だとしたら——瑠華はまだ生きているのか？

最悪の予感が頭によぎるのを必死で振り払う。

「いたっ……」

突然、掘っていた土の手応えが変わった。手元を見ると、スコップが折れてしまっていた。その弾みで、掌も少しすりむいたようだ。

「はあ……くそ」

呼吸も乱れている。もともと身体が強い方ではないから、かなりしんどい。

だけど——諦めるか。諦めてなるものか。

瑠華は、まだ助けを求めているかもしれない。必死で生きているかもしれない。だったら、私が肯定しないで、誰が肯定するというのだ。

「瑠華！　生きてる!?」

私が喉を嗄らして大声で叫んでいると——私の隣に並び立った人がいた。

「瑠華ちゃーん！　聞こえるー？　聞こえたら返事して！」

「……ペネメーさん？」

時計塔を上るときには、ペネメーさんも私と同じくらい体力がなかったはずなのに、瑠華を助けようと必死で土を掘り返してくれている。

その手から、マメができて血が噴き出しているのが見えた。

「ペネメーさん、なんでそこまで――」

私が問いかけても、ペネメーさんは答えない。

ただ、必死にできることをやっている。

私と同じように。

さらに、その向こうではやはり兄が必死で土を掘り返している。

兄はいつもそうだった。自分を犠牲にしても、誰かを救おうとする人だった。

だけど――どうして、見ず知らずのペネメーさんも、同じように並び立って、命を救おうとしてくれるのだろう？

そこで、私は気付いてしまった。

――ああ、そうか。この人は、兄と同じなのだ。

この二人は、目の前にある命を、大事にしようとしているんだ。

だから、たぶんペネメーさんと兄さん、この二人はすごくいいコンビなんだろう。

少しだけ――イヤになってしまうな。全部わかってしまったから。

――と、その時だった。

「ペネさん！　掘り当てた！」

ハル兄さんの大声。見ると、兄さんが掘り進んだ地面の下に、確かに広い空間が広がっていた。

兄さんが、そこから顔を突っ込んで呼びかける。

「生きてますか――！」

顔を上げた兄さんが、私たちの方に言った。

「……女の子がいる！　たぶん……無事だ！　うまいこと、部屋の入り口の窪みにすっぽり身体が嵌まってくれたみたい！」

「助けよう、冥賀くん！」

それからまたしばらく苦闘してるうちにレスキュー隊も到着して、間もなく土と瓦礫の中から瑠華は救助された。意識はなかったが、恐らく気絶しているだけだろうとのことだった。

そして、救急車が瑠華を収容する直前、瑠華の目が開く。

「ん……ここは……」

「瑠華！　気が付いた!?」

「あ……マリアちゃん、おはよう……。助けてくれたんだね……それから、そっちは……」

「兄とグリゴリの天使さん……」

「えっ！」

すると、瑠華ががばり、と起き上がる。

「グリゴリ!?　あの、本物！　ってことは、お二人は、リアル探偵さんたちですか！」

「え？　そ、その……ま、まあ……」

あまりの元気になりっぷりに、ペネメーさんがたじろぎながら答える。

「わ、わ、わ、あ、あの……！　私……ファンなんです！　お二人の！　サインくださ い！　ぜ、ぜひ、捜査のお話を聞かせていただきたく！　あっ、ぜひともＲＩＮＥ交換を！　お、お友達に……いえ、師匠になっていただきたく！」

「瑠華、おとなしく、してなさい」

そう言いながら私は瑠華を無理矢理救急車のベッドに乗せる。

「あいた、たたたた」

「あとで、ちゃんと連絡してもらえるようにするから、ね？」

私はにっこりと瑠華に微笑む。

「うん、ありがとね、マリアちゃん」

まあ、生き埋めになっていたとしても、これだけ元気なら大丈夫だろう。

そして、救急車も去り、本当の意味でなにもかも終わったあと。

「……ふう」

私と、兄と、ペネメーさんは三人で壁にもたれかかってぐったりしていた。ペネメーさんが、桜色の毛布を泥だらけにしながら、タオルで汗を拭いている。

「やー、でもよかったね、瑠華ちゃんが助かりそうで」

「……ペネメーさん」

「んー？」

「私……天使なんて嫌いでした。悪魔と同じくらい。どっちも、ただ人間の命を使って知恵比べで遊ぶような連中だと思ってたから」

「……そうかあ」

ペネメーさんは少ししょんぼりした顔をする。

「……でも。命を大事にしてくれる人は嫌いじゃないです。だから……瑠華を助けてくれて、ありがとうございました」

私が頭を下げると、ペネメーさんはえへへと笑いながら言った。

「あのさ。わたしたちの仕事ってさー、事件が発生しないと基本動けないんだよね」

「……でしょうね」

「だから、今日は珍しく命を救えてよかったなーって思ったの。そんなとこかな。えへへ」

悔しいことに、ペネメーさんの笑顔はとても綺麗だった。

「……真理亜。ペネさんのついでみたいに始めたグリゴリの仕事だけど……でも僕は……この仕事、そんなに嫌いじゃないんだ」

兄さんも言う。ペネメーさんと同じように。

そうしたら……仕方ないな。この二人が一緒に住んで、事件を解決したいと言うのなら。

……応援、せざるを得ない、か。私は、空に向かって大きな溜め息を吐く。

「……はあ。わかりました」

笑みは自然にこぼれていたように思う。

「まあ、ニート天使がこの先どれだけ兄さんに迷惑をかけずにいられるか……まだ完全に認めたわけじゃないですけど……しばらく、見極めさせてもらうことにします」

私がそう言うと、ペネメーさんもにっこりと微笑んだ。

「うん。わたし毎月、真理亜ちゃんを待ってるね、天界まんじゅうも用意して！」

「あそこは元々私のうちです！」

これだから天使はダメだな、とまた少し思った。

第四話×少女には、自分より大切なものはない。

ペネさんがグリゴリとして活動をしていない時は実質ニートであるように、僕にも助手以外の「もう一つの顔」というものがある。

それは——高校生。

世界一嫌われている、友達のいない高校生だ。

その日の昼休みも、僕は自分の教室にいた。

夏期休暇直前ということもあり、他の生徒たちはかしましく騒いで、旅行の計画を立てたり、色恋話に勤しんだり、楽しそうにしている。

僕は昼食として雑にパンだけを口にねじ込むと、できるだけ目立たないよう、話を聞いているとすら思われないよう、文庫本に深く顔を埋める。

その時ふと、視界の隙間に、小さな黒い影が転がってきたのが見えた。

消しゴムだ。恐らく、前の席の女生徒が落としたのだろう、気まずそうに床を眺めている。僕は、そっと身を屈めてそれを拾い上げる。

「あの、これ、落としたよね？」

女生徒が、びくり、と身体を震わせる。

「あ、あの、その……あ、ありがとう……ございます」

女生徒は怯えているのか、ぎこちない礼の言葉と共にそれを受け取って、さっと前を向いてしまう。

こうまであからさまに拒絶されると流石に傷付くな。はは。

この学校で三年間を過ごすのは、なんだか刑罰のようだ。

そういえば……先日、ペネさんに教えてもらったことがある。

こないだ捕まえたフォカロルやセーレなんかは、天国でも地獄でもない『煉獄』という場所にある牢獄に収容されているらしいのだが、天使には大きく分けて二つの『刑罰』があるという。一つは、その煉獄送り。そしてもう一つは、天界追放。天使を無理矢理、人間界に住ませて堕天させることが刑罰になるらしい。天使にとっては人間界で暮らすことが刑罰になるって、なんだか人間としては傷付かないこともないが。

「……ま、いいか、どうでも」

ということで、僕はまた本を読む行為に戻る。

ちなみにこの本は、前回の事件で知り合った真理亜の友達の女生徒、西宮瑠華さん――彼女から薦められていたミステリ小説の一冊だった。

なぜか、真理亜の話経由で僕たちは彼女にひどく憧れられているらしく、捜査の参考にしてほしいとミステリ小説を何冊も渡されたのだが……普段そこまで本を読むタイプではないので中々進みが悪い。

しかし、と思う。ミステリ小説というのも面白いもので、ネットで書評を見ると、このミステリはトリックがフェアだのフェアじゃないだのでだいぶ荒れているのを見た。人類はフィクションの小説に対して、どうして公平さを求めて怒るのだろう。元々ぜんぶ作りものなのに……。

「……冥賀くん」

そんな風に本に集中していたからか、呼びかけられたことにもすぐに気が付かなかった。

「……え?」

目の前に、確か——このクラスの学級委員長が立っていた。

茶色い三つ編みを、胸の前に長く垂らしている、見るからに清楚な少女。

「……ええと」

僕は気まずい思いに囚われる。

普段話したことがないから、名前がすっと出てこない。

「……委員長の……」

「あ、ひどーい。私の名前、忘れちゃった?」

委員長は、さほど怒っているようでもなく、いたずらっぽく笑った。

「その……ごめんなさい」

「じゃあ改めて覚えてね。私は、御簾村——心香です」

窓から差し込む陽光と相まって、その笑みがなんだか眩しく感じた。

「あの、それで、何の用でしょうか……？」

僕はできるだけ言葉を選びながら問いかける。

というか、ペネさん以外の人と話すことすら久しぶりだったし。

「私たちね、冥賀くんとお友達になりたいと思ってるの」

「……え？」

思わず、耳を疑ってしまった。

「びっくりした？」

「そりゃもう。だって、もう三年くらい友達いないから、僕」

というか、私「たち」って？　と思って御簾村さんの後ろを見ると、少し離れた場所に数人の生徒がいた。たぶん、御簾村さんと仲が良い……というか取り巻きの人たちだろう。

だけど……睨まれている。明らかに、御簾村さん以外には歓迎されていない雰囲気だ。

「あ、そのね。冥賀くんって有名人でしょ。だから、中にはちょっと抵抗がある人もいるみたいで、当面は私とだけお話ししてもらうことになるけど……。でもね、絶対、私は私だけでも冥賀くんと仲良くなりたいって言ったの！」

御簾村さんは拳を握り締めて意気込む。僕を嫌っている人たちばかりのグループに入って御簾村さんとだけ話す……？　それも気まずい感じが少しするのだが。

「でも、そこまでしてなんで……僕と？」

すると、御簾村さんは少し考えるように斜め上を向いてから。

「……そうねえ。ふふ、なんで話しかけた、と思う？」

「え？」

「女の子が気になってた男の子を誘う理由……そ・れ・は、なんでしょう？　ふふふ」

いたずらっぽくいきなり謎かけをされた。

……まさか。まさかとは思うけど。

御簾村さんが……僕のことを……好き？　いや、何言ってるんだ、間違ってもそんなこと……なんて一人で混乱していると、いきなり御簾村さんが吹き出して笑い出した。

「あはは、ごめんごめん、ちょっとからかっただけ。真剣に考えちゃって、冥賀くんかわいいとこあるよね」

「そ、そうなんですか」

すっかり翻弄されている。御簾村さん、真面目かと思ったら、意外と茶目っ気があるのかも。

「それで、本題なんだけどね」

あ、本題がまだあったのか。

「今週末、この街にある小学校で、夏祭りが行われるの。花火とか盆踊りとかあったりして、盛大に。それで……冥賀くんがよかったら、私たちのグループと一緒に行かない？」

そう言って、御簾村さんはチラシを取り出して僕に見せてくれる。

そこには、盆踊りありの夏祭り、ぜひ浴衣でご参加ください、と書いてあった。

「夏祭り――」

「どう？」

御簾村さんは、期待に満ちた目で僕のことを見つめている。

「ちょっと――考えさせてください」

＊　＊　＊

「ペネさん！」

家に帰ると、ペネさんが居間でドーナツを食べながら漫画を読んでいるところだった。

「誘われた！　誘われましたよ！」

「ふえ？」

ペネさんは、空気が抜けるような気の抜けた声で応える。身を起こしたはずみに砂糖がぼろりと零れ落ちる。それも掃除するのは僕なんだけど、ということは今は言わない。

「どうしたの、道でサンバカーニバルでも見たみたいなしまりのない顔して」

「してません！　え、してました？　やばい」

どうやら、僕は他人にも一目でわかるぐらいニヤニヤしているらしい。

「それより、何に誘われたの。ネズミ講？　それとも霊感商法？」

「なんで詐欺被害がすっと出てくるんですか」

僕は深呼吸してから言う。

「学校にいる人たちに、夏祭りに。僕と――友達になりたいらしいんです！」

「えっ！」

ペネさんは少し考え込む。

「……あやしくない？」

「そんなことないですって！　ほら、最近ネットで見たけど、『オタクに優しいギャル』って人たちがいるんでしょ？　だったら同じように、僕みたいな嫌われ者に優しい女生徒だってきっと……」

僕がそう言うと、ペネさんはしかめっ面をする。

「冥賀くん、オタクに優しいギャルはいないよ。いるとしたら、オタクが元々属性関係なしに魅力的な人だったか、ギャルが元々誰にでも優しい人だったかのどっちかだよ。わざわざオタクに『だけ』優しいギャルなんてフィクションの中にしかいないよ」

「……そ、そんなに強く否定しなくても……」

夢を壊さなくてもいいじゃない……。

「でも、とにかく！　向こうが優しい人なのかもしれないじゃないですか！　なにしろクラスの学級委員長から声をかけられたんですから！　僕に……友達ができるかもしれないんですよ！」

「……マ……ジ……か……」

ペネさんは、少し考えてからあたふたして言う。

「どうしよう冥賀くん、お赤飯炊かなきゃ！」

「そこまではいいです」

「でもよかったね、冥賀くん！　だって、時々、わたしが寝てると隣の部屋からでも冥賀くんの寝言が聞こえるくらいだもん。友達がほしいんです……！　友達になってください！　って」

「そんなこと寝言で言ってるんだ、僕……」

「夏祭りかあ。いいねえ、行っておいでよ。冥賀くんに友達ができそうなんて、隕石が降ってくるぐらいレアなできごとなんだから」

「そういえば、こないだ真理亜の学園に行った時に話ちょっと聞きましたけど、ペネさんも学校にあんまり友達がいなかったタイプでしたっけ」

「…………」

突然、ペネさんはゆっくりと後ろに倒れ込んだ。安らかな顔で。

「無事死亡」

「死んじゃった!?」

「い、いや、ほら？　わたし、実は友達がいなくもないというか？　サー姉はたまーに連絡くれる時に絵文字使ってくれるし、ソシャゲでは結構強いギルドに入ってるし」

すごい微妙な事例ばかりがスラスラ出てきてリアクションに困る。僕はソウデスネ……と心のない曖昧な返事をした。

と、その時、僕の脳裏に妙案が浮かぶ。

「……あの、それなら思いついたんですけど」

「ん？」

「……ペネさんも来ませんか？　夏祭り。僕と一緒に」

「え……」

ペネさんはずさ――っ、と壁際まで後ずさった。

「ややややや、それはむりぽ……」

「むりぽですか」

「おもしろ記事を載せるウェブサイトみたいな言い方してもだめです。ペネさん、友達いないんですよね？」

「……まあ」

「だったら、僕と一緒に……いえ」

僕はペネさんの手を握って言う。

「僕のために、一緒に来てくれませんか？　僕も、知らない人が多いと不安ですし」

「……そ、それは筋が通ってない……」

ペネさんは目を逸らす。

「世間向けには、妹ってことにカムフラしてもいいですよ。できるだけ、悪いようにならないように頑張りますから！　どうですか！」

「…………………」

僕の熱意に、ペネさんもほだされてくれたのだろうか。

「……え、ええと、じゃあ、考えとくね……」

ペネさんは、少し頬を染めながら返事をした。

「はい！」

そうだ。どうせ、ノー友達から脱するなら、僕ら二人とも脱すればいいんだ。そう思うと、なんだか心の中が温水で満たされたように仄温かくなる。

ということで僕がその後、御簾村さんに、夏祭りに妹も連れて行っていいか、メッセージで尋ねると、御簾村さんは「いいじゃない、楽しそう！」と快諾してくれた。

とにかく、楽しみだ。

どうか、その日に緊急の悪魔犯罪だけは起きないでくれよ。

僕は、そう願いながら日々を過ごすのだった。

＊　＊　＊

そして土曜日。楽しみにしていた夏祭りまであと一日になった。

だけど……その日、朝起きたばかりの僕を出迎えたものは、ペネさんの苦虫を噛みつぶしたような顔だった。

「…………」

ペネさんは、朝からず――っと冷蔵庫を意味なく開けたり閉めたりしている。ノイローゼの兆候かな？

「……ど、どうしたんですか、ペネさん」

僕がそう尋ねると。

「……ごめん、冥賀(みょうが)くん。明日、わたし行けなくなっちゃうかも」

「え！　まさか、新しい悪魔犯罪ですか!?」

「……うん。たぶん……シェムハザ天使長がこれからうちに来るらしい……」

ペネさんの言う通りになった。

「それではペネメー、今回の事件です。緊急案件です」

シェムハザ天使長は僕らの家に入ってくるなり、お茶にも手をつけずに一通の封筒を差し出した。

「……シェムハザさん、つかぬことをお伺いしますが」

僕はシェムハザさんに尋ねる。

「はい」

「これって今週のノルマ分ですよね？　その、いつもの、一週間で解決すればいいという」

「いいえ、違います。今回は急ぎです。期日指定となります。明日中に捜査してください」

僕の隣でペネさんが終わった……というような顔をしたのがわかった。

「あの、シェムハザさん、どうしてもずらせませんか？」

「……いけません。それは、今回の仕事の特殊性にもあります」

「……特殊性？」

「今回の謎が、日時の決まっている【予告謎】だからです。きっかけは、天界に今朝、『悪魔の手紙』が届けられたことにあります。開けてみてください」

　そして、ペネさんがゆっくりと封筒から書類を取り出す。

　そこには、仰々しいフォントで、暗号めいた文章が書かれていた。

【謎】明日　二本の松の間の寺院にて　殺戮と色欲の化身である我　三百年の封印を破りこの地に復活す　我の居場所を突き止めんとする者に知恵の戦を挑まん

　なんだか、やけに古めかしい文体でもあった。

「暗号っぽい感じだけど、理解できるところから察するに……明日、どこかのお寺で三百年ぶりにこの悪魔が復活する。それがどこに復活するかを当てるのが【謎】みたいだね」

「……シェムハザさん、この『悪魔の手紙』って、誰が天界に届けたんですか？　復活する悪魔本人は手紙を出さないですよね。別に届けた悪魔がいる？」

「はい、その通りです。この書類は、丁寧に差出人の名までつけて、グリゴリ本部に郵送されてきました。その差出人の名は……『デイモス』」

「またデイモスか！」

　僕は大声を上げてしまう。

「……冥賀(みょうが)さん、ご存じなのですか？」

シェムハザさんの眼光が鋭くなる。

「なんだか、ここのところの僕らが関わった事件、ほとんどに裏で糸を引いている人物がいるんです。そいつが、『デイモス』と名乗っていて……」

スカイタワー密室殺人事件では水の悪魔フォカロルをそそのかし。聖鐘(せいしょう)学園女生徒誘拐事件では空間の悪魔セーレに命令を出し、なんらかの資料を隠蔽した黒幕。

そして今回だ。

「ましてや、こないだのセーレなんて、はっきりこう言ったんです。天使の中に、デイモスと通じてる裏切り者がいる、とまで」

「……なるほど、気になりますね。天界の方でも、調査しておきましょう」

シェムハザさんは自分の手帳に何かを書き込んだ。

「ていうか、この悪魔の復活、三百年ぶりってことは……江戸時代以来？　……ペネさん、この犯人の悪魔……おおよその予想はつきますか？」

「殺戮(さつりく)と色欲の化身って書いてあるからね。たぶん……有名な悪魔じゃないかな」

「それは……？」

「その名も――アスモデウス。数百年に一度、人間に取り憑(と)いて、大量殺戮と破壊の限りを繰り返し、また眠りにつく。そういうサイクルを繰り返してる悪魔だよ」

「なるほど……確かに、三百年ぶりに復活って条件にも合致しますね。

「ふむ……ペネメーのわりに、中々いい推理をしますね。我々天界の上層部も同じ見立てです」

シェムハザさんはそんなことを言った。ペネさん、天界の中では評価低いんだ……。

「あ、あの、ちょっと気になったけどいいですか？」

僕は挙手してシェムハザさんに質問する。

「なんでしょうか、冥賀さん」

「場所がお寺ですけど、本当にそこに悪魔って現れるんですか。なんか、お寺って、イメージ的には天使や悪魔に関係ある場所じゃないんじゃや……」

「信仰というものは本来、曖昧模糊としたものです。本地垂迹説、あるいは反本地垂迹説というものがあります。これらは神と仏を合一しようとする思想です。その場所が何を祭祀しているかなど、時代や政策によって容易に変わりますし、そこに悪魔が封印されていたというのなら封印されていたのです」

天使といえど、意外とドライなものだな、と僕は思った。

「……あの……じゃあ、そのアスモデウスが現れそうな場所全部にグリゴリで手分けして張り込むわけにはいかないんですか？　当たれば儲けもん、みたいな」

「駄目だよ冥賀くん。向こうは謎で挑戦してきたんだ。正々堂々挑まなきゃ」

ペネさんは口惜しそうに言う。

「誰かが仕事しないといけない……誰かがやらなきゃいけないんだ。だったら——」

何かを決意したように、ペネさんの身体がすっと動いて立ち上がる。そして、そのまま完膚なきまでに流麗な動作で……ペネさんは、シェムハザさんに土下座していた。

「あのあのあの！　その仕事、どうしてもわたしじゃないと駄目ですか？　差し支えないなら明日は休ませていただきたく！　あっ、来週はちゃんとがんばるんで！　別にわたし、出世とかは望んでないんで、そこそこぐらいのお給料でいいんで。仕事はやりがいがちょっとあるぐらいでいいので！」

いつもなら、必死に仕事をサボろうとする、ただ単にやる気がないペネさんの姿にしか見えないだろう。だけど——今回は、僕も日曜日の仕事を避けたい理由を知っている。なので。

「僕からもお願いします、シェムハザさん、どうしても、他の方には頼めないんですか？」

僕も頭を下げた。

「……不可能です。グリゴリの人員配置や担当する事件は私が決めているわけではないので。もっと上の——上級天使の管轄になります」

「……そうなんですか」

「私も、中間管理職でしかないのですよ。申し訳ありません」

それなら、無理を言うわけにもいかない、か。

「ただ、ペネメー。それから冥賀さんにも念のために言っておきますよ。あなたたちが仕事を放棄した場合には……相応の処罰が下ることになります。いいですね」

釘を刺すように、シェムハザさんがペネさんを睨み付ける。

「……はい、わかりました……」

ペネさんはしぶしぶ答えた。

＊　＊　＊

「ふう」

シェムハザさんが帰った後、ペネさんは大きく溜め息を吐いた。

「冥賀くん。日曜日の夏祭りのことだけど——」

「あ、はい、今回は断りの連絡を御簾村さんに——」

僕がスマホを出そうとした瞬間——

「わたし一人で事件捜査するから、冥賀くんは行ってきてよ?」

「え!?」

僕はびっくりしてしまう。

「あ、あの人見知りのペネさんが、一人で!?　だ、大丈夫ですか……?」

僕がそう言うと、ペネさんはゴリラみたいにどん、と胸を叩いてみせる。

「だ、だいじょぶ、こう見えても、冥賀くんと捜査を始めてから、少しは度胸がついたんだ。最近、前ほど、人見知りひどくないでしょ?　それにほら、サー姉にも声かけられるかもだし」

ペネさんの表情は、嘘を言っているようには思えなかった。

「だって、さ。冥賀くんに友達ができそうなんだよ?　それは、どんな事件よりも優先されるべきことだよ」

「でも、シェムハザさんは仕事を放棄したら処罰があるって」

「だいじょうぶ。たぶん……処罰を受けるのはわたしだけだよ」

「でも……」

言い淀む僕の肩を、ペネさんがぽんぽんと叩く。

「……冥賀くんはさ。今まで、自分のせいじゃないことでつらい思いをしてきたでしょ?　幸せになっていいんだよ、たぶん。わたしのことは気にしないで。それだけ言いたかったの!　もし、そこにわたしがいなくても幸せになれるなら、いいんだ。ま、それにわたし、本当はね……夏祭り、あんまり行きたくなかったし!」

「え?」

「だって、わたし人見知りだよ？　冥賀くんに釣られてその気になっちゃってただけで、ほんとはそこまで行きたくなかったんだ。だから、気にしないで楽しんでおいでよ」

「……そうだったんですか。なんか、無理に付き合わせようとしちゃってすみません」

「ううん。それに、まあ、当日は冥賀くんがいないって言うけど……」

ぺネさんはばさり、と資料を広げる。

「今回の【謎】は、要するに『場所当て』なんだ。地図を見て、暗号を解いて、どこのお寺にアスモデウスが復活するか、今すぐここで、冥賀くんと一緒に当てればいい。当日にはサー姉を誘ってわたしだけでどうにかするだけ。それだけ！」

なるほど……確かに、そうか。

「じゃあ……せめて、場所を考えるまでは、僕も協力します。させてください」

僕がそう言うと、ぺネさんは嬉しそうな声で応えた。

「……うん！」

＊　＊　＊

僕たちは地図を睨む。

「さて。どこから手をつけようか、冥賀くん」

僕は改めて【謎】の暗号文を見る。

【謎】明日　二本の松の間の寺院にて　殺戮と色欲の化身である我　三百年の封印を破りこの地に復活す　我の居場所を突き止めんとする者に知恵の戦を挑まん

「……まず、気になるのは【二本の松の間の寺院】ですかね。これだけぼんやりしてる。逆に言えば、ここだけ解けばいい暗号みたいなものですかね……」

ペネさんは地図の中の、卍マークを指差す。

「うん。わたしもそう思う。まず、候補を絞るために考えると――この街にあるお寺は全部で二つ、かな？」

ペネさんは、定規で地図に線を引く。

「街の東にある、お寺A。それと」

そこから、すすすと直線を延ばす。

「街の西にある、お寺B。この二つに絞って考えればいいんじゃないかな」

「なるほど……」

「……となると、あとは二本の松の間、を解釈して、どっちのお寺か選べばいいわけだけど……」

宝木原市　寺社付近　簡略地図

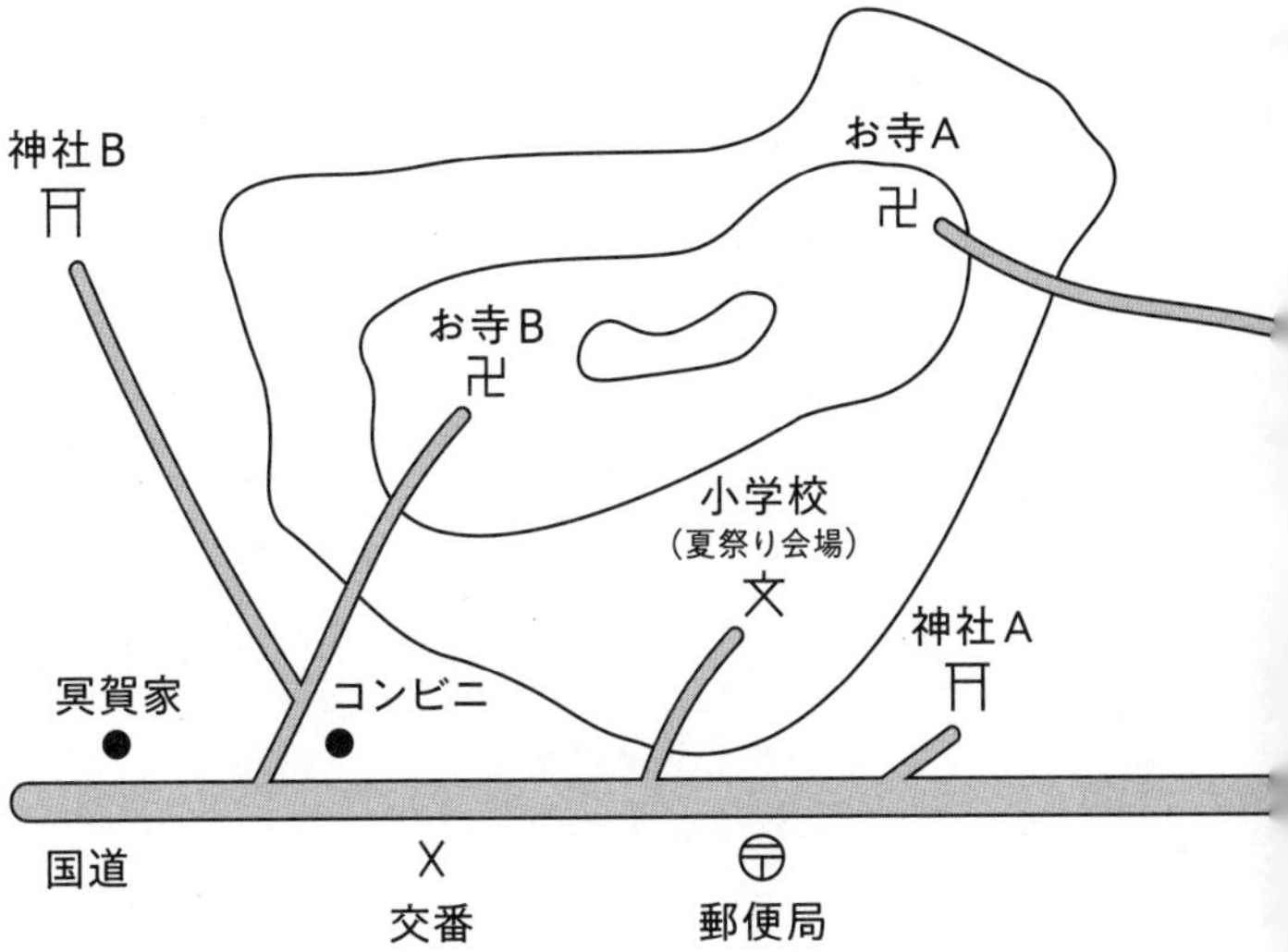

神社B
お寺A
お寺B
小学校
（夏祭り会場）
神社A
冥賀家
コンビニ
国道
交番
郵便局

「二本の松の木が生えてる寺ってことですかね？」

「……いや。悪魔がそんな単純な謎を出してくるわけないと思うな。二つの【松】と名前のつく別の何か……の間にあるお寺、かなあ。冥賀（みょうが）くん、松のつく熟語をいくつか挙げてみてくれる？」

「ええと……」

僕は頭をフル回転させる。

「……松本」

「人の名前、もしくは市の名前かあ……関係なさそうな気もするけど……。他には？」

「えーと……」

そこで僕は困ってしまった。

「……松本って名前のつく人しか出てこなくなっちゃった……」

僕の脳内は、金髪マッチョのお笑い芸人で埋め尽くされていた。

「えー。しかたないなあ……じゃあわたしも色々出していくか……ええと」

すると、ペネさんは思いつくがままに松のつく言葉を並べていった。

市松、松毬（まつかさ）、松風、松濤（しょうとう）、松ヤニ、門松、松葉杖（まつばづえ）、松明（たいまつ）……など。

「いくつか並べてみたけど……冥賀くん、ピンと来た単語はある？」

　僕は、指でなぞりながら考える。

「……あ」

　僕の直感が、これが正解だと告げている。

「どれにピンと来た!?」

「松ぅ屋！　たぶん……牛丼のチェーン店に挟まれてるお寺が正解だ！」

　僕がそう言うと、ペネさんは、呆れたような顔で見た。

「……たぶん、ないかな」

「なんで」

「よく設定を思い出してよ。アスモデウスが封印されたのは三百年前だよ」

「……え」

「三百年前に、牛丼のチェーン店、あるかな」

「ないですね……」

　僕は、自分の推理がまたも打ち砕かれてがっくりと肩を落とした。

「まあ、そう落ち込まないでよ冥賀くん。可能性を潰すのは悪いことじゃない。あらゆる可能性を潰した結果、最後に残るのが真実だって有名な探偵も言ってたしね」

「なるほど……そしたら」

僕は、別の候補を指差す。

「これですかね」

「……うん。わたしもそう思ってた」

松明（たいまつ）

「ちょうど江戸時代だしね。そもそも、日本の灯り（あか）の歴史としては——脂分の多い松を燃やすことで灯りにする松明がまずあった。その後、江戸時代になってやっと、火の周囲を和紙で囲んで風で消えないようにした行灯（あんどん）、それから庶民にろうそくが行き渡るようになってやっと提灯（ちょうちん）が生まれたと言われている。江戸時代には、まだまだ松明も現役だったんだよ」

「それじゃあ、松明を置いてそうな場所——」

「そう。もう一つ言えば——松明は神事によく使われるんだ。だから——たぶん、これ」

そして、ペネさんは地図のある場所を指差す。

それは——鳥居のマーク。

「神社か！」

「この街にある神社は二つ。だから、アスモデウスが復活すると思われる場所は、二つの神社を直線で結んだ時、その間に挟まれたお寺。つまり——」

ペネさんは、ぴん、と紙を張って、そこにビッ、と直線を引く。その直線の上に来ていたのは——

「お寺B、だと思うんだ」

僕たちは大きく背中を反らす。

「解けた——————！　やりましたね、ペネさん」

「やったー！」

僕とペネさんは、自然にハイタッチをする。

「うん、これで……冥賀くんは心置きなく夏祭りに行けるね！」

かくして、早々に【謎】を解決した僕たちの日曜日の方針は決まった。

ペネさんは、サハリエルさんを伴って、地図上の『お寺B』へ。そこで復活したアスモデウスに、【謎】を解いたことを宣言して捕縛。

僕は——小学校で行われる夏祭りに参加。そういうことになったのである。

＊　＊　＊

そして、夏祭りの日がやってきた。

夕方、僕が待ち合わせ場所である小学校の入り口の前に行くと、既に御簾村さんたちのグループが集まっていた。

「あ、あの、こんばんは」

僕がそう声をかけた瞬間、緊張が伝播したみたいに談笑が止む。

き、気まずい……。

だが、そんな集団を取り仕切るリーダーが、真っ先に僕のところに駆け寄ってくれる。

「冥賀くん！　よく来てくれたわね！」

御簾村さんは、大げさなくらいに弾んだ声で、僕の手を握ってくれる。

「こんばんは、冥賀くん！」

「こ、こんばんは、御簾村さん」

御簾村さんは、桃色の浴衣を着ていて、いつもよりずっと華やかに見える。一瞬でその場の空気の中心に収まってしまうというか、御簾村さんが言うことには誰も逆らえない、そんな感じの空気が自然に醸成されてしまいそうだ。

「妹さん、来れなくなっちゃったの、残念だったわね」

「仕方ないですよ、用事ができたみたいなんで……」

ぺネさんの話題をされると、どうにもここにいないぺネさんに気まずくて目を合わせられなくなってしまう。

「……ふうん」

御簾村さんが僕の顔を下から覗き込んで、にんまりとする。

「いいね、冥賀くん、ちょっとオシャレしてきた？」

「ま、まあ……」

鏡の前で一時間は髪の毛セットしてきたし。

「……あっ」

御簾村さんが僕の手を引いて小学校の中に進んでいく。

「じゃあ、楽しみましょ！　夏祭りを」

すっかり日も暮れ、夏祭りに集まってきた人は、大小合わせて五百人くらいだろうか――なかなかの盛況っぷりだ。

僕は、肩に射的のライフルを掛け、片目で狙いをつける。

引き金を引くと、軽い衝撃と共に、コルクが飛んでいき、ぬいぐるみの表面を軽く撫で、力なく弾け飛んだ。

「わあ、冥賀くん当たったよ、すごーい」

御簾村さんのグループ全体から冷ややかな視線を受ける中、御簾村さんだけがぱちぱちと拍手をしてくれる。が。

「あの、当たったんですけど」

「落ちなきゃダメ」

店主は厳しかった。これ、明らかに景品を取らせる気ないやつだ。

「ふふふ、じゃあ……冥賀くん、私がやるところ、見てててね？」

そう言うと、御簾村さんはライフルを構えて、小さなキャラメルに狙いをつける。それから引き金を引くと、ぱあん、という小気味よい音と共にキャラメルは下に落ちた。

御簾村さんの手元に、落下したキャラメルが坂道を通って流れてくる。御簾村さんはそれを拾い上げ、顔の横に置いて僕に微笑んで見せた。

「ほら。リターンは小さく狙わなきゃ。最初はね」

「な、なるほど……」

「欲望なんてものは、だんだん大きくしていけばいいの」

そして、御簾村さんは僕に向かってキャラメルの包みを開けると――

「はい、あーん」

僕の唇に無理矢理キャラメルをねじ込んだ。虫歯になりそうなくらい強い甘みが口内に広がる。戸惑う僕を、御簾村さんは楽しそうに見ていた。

「ふふふ、冥賀くん、感想は？」

「……甘いです」

なんだか、友達のいない孤独な生活を感じていた日々に比べると……脳がくらくらしてしまう。御簾村さんと過ごす時間そのものが、まるで甘い蜜のようだった。

だけど――。

僕はこんなに、御簾村さんにかまってもらえているのに、それでも心のどこかでは別のことを考えていた。

やっぱり、ここに、ペネさんもいればもっとよかったのにな。

そんなことを、どうしても思うのだった。

ペネさんたち、ちゃんと悪魔を逮捕できてるかなあ……。

＊　＊　＊

「へくちっ」

月明かりの下、わたしは急に寒気に襲われ、大きなくしゃみを一つした。

「おいペネメー！　お前、風邪引いたんじゃねえのか!?　あのヤバいやつ」

「……ＭＯＶＩＤ（モービッド）？」

「ああ、そうそう！　そのアレ！」

「サー姉、天使はMOVID(モービッド)には罹(かか)らないの」

「そうなんか。あたしてっきりアレかと思ったぜ。バカは風邪引かないってやつ。でもな、あれあたしの考えだと、バカは風邪引いたことに気が付かないだけなんだぜ」

とはいえ、風邪を引いたのかと疑うサー姉の懸念もわからないでもない。

わたしたちは、かれこれもう数時間も、このお寺の境内に座り込んで悪魔アスモデウスの復活を、今か今かと待ち構えていた。

だが——奇妙なことに、うんともすんとも何かが現れる気配は見えない。人っ子一人おらず、寂しげな空気がずっと漂っているだけだ。

冷たい石の上に座りすぎて、いくら夏の夜といえどそろそろ尻が冷えてきたように思う。

「どうしたんだ、ペネメー。浮かない顔じゃねえか。お前、何か気になってることでもあるのか？」

「……実はわたし、正直、今回の推理、そんなに自信がないんだ」

「え、そうなのか？」

サー姉が不安そうな表情を見せる。

「……どうしても、推理を今日に間に合わせないといけないから、焦ってたんだ。だから、全部の可能性を検討はしなかった。もっと言うと、中途半端な推理のままここに来ちゃった気がするんだ。だから、何か大事なことを見落としてるんじゃないかって、そういう不安が、ずっと収まらなくて」

わたしが不安を吐露すると、サー姉は——優しく、わたしの頭に手を置いてくれた。

「……そうだなあ。ペネメー。お前さ、いつもの相棒がいなくて、やっぱ調子狂ってる感じはあるわ」

「……そうかなあ」

「だって、毛布が裏返しじゃねえか」

「え……？」

「ん？　なんだ、それなんか書いてあんのか？」

そして、わたしは毛布の隅に、『できるだけ人に見せたくない』ものがちらついていることに気づき、慌てて毛布を脱ぐ。

「わわわわわ！」

「うわっ、どうしたんだお前。別にいいじゃねえか裏返しになってても。あたしだって、しょっちゅう靴下裏返しで履くぜ」

「……それはサー姉が気にしなさすぎな気もするけど……。ちょっとさ。この毛布には……秘密があるんだ」

「……秘密？　なんだよ」

「な、内緒。でもね──わたしの、大切な思い出なんだ」

わたしはより一層、毛布を強く抱きしめる。

「んだよもう！　わけわかんねえな！」

冥賀(みょうが)くん、今頃元気にやっているだろうか。

わたしは空を見上げて、思いを馳(は)せた。

「……なあ、ペネメー」

「なあに、サー姉」

「あたしはあんたらよりちょっと大人だから言ってあげるわ」

「……何を？」

「別にいいんだよ、間違えても。全部一人でしょい込むな。そのために、お前の相棒とか……あたしもいるんだからよ」

「でも、わたしが間違えたら……」

「……その結果傷付く人間が出たとしても、お前は悪くない。仕事でやってることだからな。あたしだけはずっと擁護してやる。だって、青春ってのは間違えるもんなんだぜ」

「……ありがと、サー姉。さすが、人生経験豊富なんだね」

「あークソ！　ほんとだよ、間違えてばっかだよあたし……もっと真面目に生きてたらよかった……ちゃんと勉強してたら……マジで……人生……」

サー姉が変な風にダウナー入っていた。サー姉って疲れたOLみたいだねって冥賀くんがこっそり言ってた通りだなあ。

「……まあ、とはいえあたしは今のあたしも嫌いじゃないからいいんだけどよ……」

「うん、わたしも今のサー姉、好きだし」

わたしが言うと、サー姉は照れ臭そうに頰(ほお)を搔(か)く。

「間違えるといえばよ、tweeter(トゥイーター)だっけ。短いつぶやきを投稿するサービス。あれ名前変わったよな」

「ああ、変えたんだよね、買収した人が。XY(エックスワイ)、だっけ？」

「あたし、つい間違えてずっと昔の名前で呼んじゃうんだよな」

「……昔の名前？」

その瞬間——わたしの脳の中で、瞬時に欠けたピースがつながった。自分の推理の、何に引っかかっていたのか。わたしは、何をずっと間違えていたのか——

「あ……うああああああああああああああ！」

わたしは、悲鳴のような叫び声を上げる。

「ど、どうしたペネメー！」

「わたし……とんでもない思い違いしてた！」

「お、おい！　どこ行くんだよペネメー！　悪魔退治は！　持ち場を離れていいのかよ！」

わたしは矢も楯もたまらず、サー姉の声を背に駆けだしていた。

＊　＊　＊

僕は、屋台でヨーヨーを釣り上げる。

「うまいうまい。冥賀くん、手先器用だね。ゲームとか得意なの？」

「……そうですね。家族といつもやってるから少しは」

「ああ、今日来れなかった妹さんだっけ。仲、良いの？」

御簾村さんは、上目遣いで僕の顔を至近距離でじっと見てくる。興味深そうに。

「……そうですね」

だけど僕は、ペネさんの姿を思い出す。

やっぱり、何度考えてもそうだ。

僕は——端的に言えば、楽しくなかった。

ペネさんなしのこの夏祭りが。

一度、ペネさんを誘ってしまっていただけに、ペネさんも夏祭りにいてくれたらなあという思いが、時を経るごとに何倍にも増していたのだった。

でも、ペネさん、僕に釣られてただけで本当は来たくなかった、って言ってたけど——

あれは本心だったのだろうか。

その時だった。僕のポケットの中で、スマホが震えた。通話だ。

「ごめん御簾村さん、妹から……」

「うん、出ていいわよ」

それはペネさんではなく、『本物の妹』である真理亜(まりあ)からの電話だった。僕は、真理亜からの電話に出る。

「真理亜。どうしたの？」

『……兄さん。今頃夏祭り楽しんでいるかしら、と思って』

「へえ、真理亜、よく知ってたね、夏祭りに行くって」

『ペネメーさんから教えてもらったの。ペネメーさんいるでしょ？　……その、代わってくれてもいいけれど。嫌味(いやみ)の一つでも言いたいから』

「……いないよ」

『え？』

「用事が入っちゃったのもあるけど……ペネさんは、元々来たくなかったらしくて」

すると、真理亜は解せない、といった声で答える。

『そんなはずないわ。私、ペネメーさんがすごく楽しみそうに浴衣の着方を尋ねてきたのを教えてあげたのに』

「え？」

『ペネーさん、兄さんを驚かせようと思って、浴衣こっそり買ってたのよ』

そんな真理亜の電話口の言葉を聞いて、僕はしばらく固まっていた。

「……冥賀くん？」

御簾村さんが、きょとんとした目で僕を見ている。

「……ごめん、御簾村さん。僕、今日は帰るよ。やっぱりこの夏祭り、僕一人で来ちゃいけなかったんだ。この埋め合わせは次の機会に――」

「え⁉」

僕がそう言った瞬間――御簾村さんはとんでもなく驚いていた。

御簾村さんは――恐ろしいほど必死な目で、僕の腕を掴んだ。びっくりするほど強い力だった。

「で、でもでも！　そ、それは駄目よ！　約束が……違うじゃない！」

なぜか、御簾村さんは顔面蒼白になって、唇を震わせている。

「え、なんで？　……約束って？」

「冥賀くんがいなくなったら――大変なことになるかも」

何がだろう。その真意が測りかねる。だけど――今の僕には、ペネさんのところへ向かう以外のことは、考えられそうもなかった。迷いを振り切るように——

「ごめん、御簾村さん！」

僕はその手を振(ふ)り解(ほど)く。そして、逃げるようにその場を立ち去るのだった。

「あっ……待って……冥賀くん……冥賀くん！」

＊　＊　＊

僕が、弾かれるように小学校を飛び出して、ぺネさんがいるはずの『お寺B』に向けて走り始めてしばらくして——

「わっ！」

「わ？」

角を曲がったところで、派手に人にぶつかって倒れてしまう。

「いてて……ご、ごめんなさい……って、あれ？」

「……冥賀くん？　どうして？」

それはぺネさんだった。

僕は起き上がって、すぐにぺネさんに頭を下げる。

「ごめんなさい……僕、ぺネさんの気持ちに気付かなくて！　その……もし、今日がダメでも！　いつか改めて！　浴衣を着て一緒に回りましょう、夏祭り！」

だが、ペネさんは心ここにあらず、といった感じだ。

「そ、そんなこと！　今はどうでもいいんだ！」

「え、どうでもいいんですか……」

ちょっと傷付く。

「どうでもいいんだよ！　わたしは冥賀（みょうが）くん……ううん、冥賀くんだけじゃない、冥賀くんと友達になろうとしてる人たち、全員に警告に来たんだ！　わたし、大変なことに気付いちゃったから！」

「……それは？」

「わたし……大ポカしてた。あの悪魔は『三百年前』のお寺に封印されてたんだ。だから──本当に危ないのは、あの夏祭りの会場なんだ！」

「え⁉　だって、悪魔が出るはずなのは『お寺』ですよね。『小学校』じゃなくて」

「……tweeter（トゥイーター）がXY（エックスワイ）になってもtweeterと呼ぶ人はいる。JRのことをいまだに国鉄と呼ぶ人もいる。そういうことだよ！」

「どういうこと？」

「一八六八年に、明治政府が法律を作ったんだ。神仏分離令。俗に「廃仏毀釈（はいぶつきしゃく）」と呼ばれるこの国策によって、多くの寺院が破壊された。ただ、当時多くのお寺は『寺子屋』という名称で教育施設としての役割を担っていたため、その多くが改修され――」

　ぺネさんは深呼吸をしてから言う。

「要はね。この国で明治時代に新しく作られた小学校のうち――およそ四割が、もともとは『お寺』だったんだ」

「……あっ！」

　いくら鈍い僕でも気付いた。三百年前を生きていた悪魔にとってのお寺、それは――。

「アスモデウスにとっての『お寺』。それは、現代では『小学校』になっている場所の可能性があるんだよ！」

　つまり、暗号の前提条件が変わる。嫌な予感が増幅していく。僕は、あの地図で『小学校』が『お寺C』として新たに立ち上がってきた場合の可能性を検討しながら――イメージの中で地図を広げてみる。

「ああっ、ぺネさん！　やっぱり、二つの神社を結んだ直線上に小学校があります！　しかも……こっちの方がより正確に直線の上に！」

「うん、だから……冥賀くんたちがさっきまで夏祭りをしていた、あの小学校だよ！　あそこにアスモデウスが現れる可能性が高い！」

＊　＊　＊

御簾村さんや、学校のクラスメイトの命が危ない。

いや、それだけじゃない。さっきの夏祭り会場、全部で何人ぐらいいた？　目算でも、五百人ぐらいはいただろう。

僕たちは、躍り込むように夏祭りをしているはずの小学校に駆け込んだ。

——その瞬間、饐えた血の臭いが鼻につく。

目に入ったのは、一面の赤。

「うぷっ——」

思わず、戻してしまいそうになる。

そこらに散らばっている、さっきまで人だったモノ、モノ、モノ——。

そしてその中心に——誰かが後ろ向きで立っている。

「はあああああ……」

大きく息を吐いているその人物、最初は見覚えのない人かと思った。

だが——振り返った姿を見て、脳が混乱する。

「……御簾村……さん？」

顔つきや着ている浴衣は、たしかに御簾村さんだ。

だが、その御簾村さんの姿は、先ほどまでとはまるで違っていた。

いかにも清楚だった三つ編みはほつれ――桜色に変色した長い髪が、月明かりを浴びて光っている。その一本一本が意思を持っているかのように浮き上がっていた。

「……いいわねえ。血の滴る音は。すっかり予定が狂っちゃった。冥賀くん、あなたを生贄に捧げて終わりにするつもりだったのに――」

御簾村さんはそのまま宙に浮き、上空十メートルほどの高さに静止する。それと同時に、御簾村さんの着ていた浴衣がはだけて床に落ちる。その肌のあちこちに、黒い縁取りや淫らな紋章が刻まれているのが見えた。

「私が悪魔そのものにならなくちゃいけなくなったじゃない」

御簾村さんは笑った。どこか、楽しげな雰囲気まで漂わせて。

先ほどまで生きて笑っていた、クラスメイト含む幾百人もの死体を睥睨しながら。

その姿は、やはりこう形容するしかなさそうだった。

――悪魔、と。

「お前……アスモデウスと融合したんだな……？　殺戮と色欲の悪魔――アスモデウスと！」

ペネさんが、歯を食い縛るように御簾村さんに尋ねる。

「ええ、その通り」

「一体、なんで……」

「うーん……きっかけは、『デイモス』っていう人から手紙が来たのね。ここでこの日、悪魔アスモデウスが復活する予定がある、そのために生贄を五百人ほど捧げるなら、お前の願いを叶えてやろうって」

「……悪魔の言うことを信じたの？」

「まあね。なんていうか私……波長が合ってたらしいのよ。そのアスモデウスという悪魔と。お陰で私に白羽の矢が立ったみたい。ちょうど叶えたい願いもあったし、生贄を捧げるなら私は死なないで済むし、誰か手頃な……と考えた時にピンと来たのよ。そうだ、うちのクラスに『世界の敵』がいる。あいつを生贄に捧げればいいじゃないって。あいつをここに連れてきて――」

御簾村さんは、ぺろり、と口元に跳ねていた返り血を舐めながら言った。

「一人を五百回分ほど殺してもらえばいいじゃないって」

思わずぞっとした。教室でニコニコ笑いながら話しかけてくれていた御簾村さんが、そんなことを考えていたなんて。

「ま、でも逃げられちゃったから、しょうがなくここにいた人たちみんなを生贄にすることにしたんだけど。それに絶対に巻き込まれたくなかったから、私、とりあえずアスモデウスと融合したの」

そして、御簾村さんは辺りを指差す。

「ちょうどここに五百人くらいいたし、私ね、初めて人を殺してみたんだけど……。すっごくすっごくすっっっごく……気持ちよかったあ！」

　こともなげに言った。

「悪魔になってから、指先一本で人を殺せるようになって……私、初めて気付いたの。たくさんの人間が上げる悲鳴って……まるで美しい音楽みたいね」

　御簾村さんの内ももが、うっすらと濡れているような気がする。まさか……興奮しているのか？　この状況で？

「……そもそも、悪魔を利用しようなんてのが間違いだったんだ」

　ペネさんが唇を噛む。

「でももっと許せないのは……お前は、冥賀くんの気持ちを踏みにじろうとした。それも……悪魔と融合するずっと前から！　冥賀くんは……友達ができたと思ってはしゃいでたんだ！」

「え、踏みにじろうとなんてしてなくない？　私、そいつが友達でも別にいいわよ？」

「……え？」

　御簾村さんの意外な言葉に、僕は思わず聞き返してしまう。ペネさんも、驚いている様子だった。

「別に友達でもいいの。その代わりに五百回分ぐらい死んでくれるなら。私ね、アスモデウスと融合する時にわかったの。私……ただただ死にたくない。絶対に絶対に自分が大事なだけなの。それだけなの。そのためだったら、何人殺してもいいし、何人死んでもいいし、誰が友達でもいいなって思ったのよ。……これはただの、価値観の問題ね」

「御簾村とかいう人……いや、アスモデウス。お前は——完全に壊れている」

ペネさんが、アスモデウスに言い放つ。だが、アスモデウスは意にも介していないようだった。

「ふうん。ああ、そういえば……これも悪魔と融合してわかったのだけど。今回のあなた、推理を【失敗】したみたいじゃない……？　私の出した【謎】……『私はどこに復活するか』。あなたは、それを大きく間違えた」

確かに、今回のペネさんは、悪魔が復活する【その場所】に居合わせることができなかった。その結果五百人超の犠牲を出してしまったわけで——。

「少し遅かった……けどここに来ることはできたから、完全には失敗じゃない……！」

「だとしても、今の私に……力が溢れていることは事実よ」

アスモデウスの掌に、黒いヘドロのようなものが集まりだす。

「……ああ。あとね。『お前』呼ばわり、すごくすごく不快だったから。死になさい、グリゴリのダメ天使。それから——さようなら、冥賀春継くん」

アスモデウスは、掌の上に集めたヘドロのような黒い球体を、こちらに向かって飛ばしてきた。

あれがなにかわからない。ただ、その禍々しさからは、それが【触れてはいけない】ものだということだけは、十二分に理解できる。

そして——その球体は、まっすぐ『僕』に向かって飛んできていた。

「え……？」

僕は固まってしまう。動けない。実際に、悪魔の攻撃が向かってきたのは初めてだったからだ。あと数秒もあれば、あのよくないものは僕の身体に直撃し——そのまま命をもぎ取っていくのだろう。この場に死んでいる、五百人と同じように——。

「冥賀くん、危ない！」

「うわっ！」

ペネさんが、僕を庇うように倒れ込んでくる。

「何やってるのペネさん……！」

「逃げない……！　わたしは……だって、わたしは……！」

間に合わない。ヘドロの球体はもう目の前にある。僕が死を覚悟した瞬間——

僕たちの横に躍り出た影があった。

「——悪いな。遅れちまった」

「……サー姉！」

「でもよ、ペネメーがここの場所をちゃんと言ってから走り出してくれないから悪いんだぜ？」

サハリエルさんは、気合いを入れると、その右手に持っていた青白い光のバットを、思い切りフルスイングする。

「おおおおおおおおおお！」

サハリエルさんのバットがヘドロ球に当たった瞬間、エネルギーが拮抗(きっこう)してそこで押し合いになる。

「ぐぬぬぬぬぬぬ！」

エネルギーのぶつかった箇所からヘドロが飛び散って、サハリエルさんの身体(からだ)に降りかかる。その度に、じゅう、と肉の焦げるような音がして、黒いカビのようなものが広がり、物の腐る嫌な臭いが鼻につく。

「サー姉、だ、だいじょぶ、それ!?」

「っせえペネメー、黙ってろお……らあああああっ！」

なんとか、という感じでサハリエルさんがバットを振り切り、ヘドロ球を空に弾(はじ)き返(かえ)す。

だが、サハリエルさんはそのまま膝から崩れるように倒れてしまった。光のバットも消滅している。

「がはっ！」

「サー姉！」

　ペネさんが、青ざめた顔でサハリエルさんの元に駆け寄る。

「ぐ……くそ……強(つえ)ぇな、あいつ……」

「……サー姉！　ごめんなさい、わたし、わたし……」

　ペネさんが必死でサハリエルさんに謝罪する。だが……息絶え絶えのサハリエルさんは不敵に笑った。

「……ペネメー。言ったろ。お前がどんなに間違えたって、あたしが擁護してやるって。だから――気にすんな」

「……ふん。ずいぶんと――しぶといみたいね」

　アスモデウスが鼻で笑った。

「くっ――」

　サハリエルさんが、立ち上がろうとするが、膝に力が入らなそうだ。

　そのまま呻(うめ)き声(ごえ)と共に、動かなくなってしまった。

「悪い、動けそうにねえ……」

　死屍累々(ししるいるい)だ。そこらに充満している血と臓物の臭いも、僕の気を遠くする。

「……ペネさん。なんとか、ならないんですか」

　ペネさんは、珍しく気弱な顔を僕に向ける。

「ごめん、冥賀（みょうが）くん。わたしが推理、間違っちゃったから」

それが、悪魔と天使の間にあるルールらしい。

悪魔の出す『謎』を解くことができたなら悪魔の力を弱めることができる。その逆も真で……。

――待てよ。

「ペネさん、ふと思ったんですけど。悪魔が出す【謎】って……一つって決まってるんですか？」

「……そんなことはないよ。悪魔が問題を出せば出すほど、こちらにも解答チャンスがある。けど、その代わり多く間違えた分だけ悪魔が強くなる。だから――あいつが他にもわたしたちに【謎かけ】をしてくれたなら、逆転のチャンスはあるんだけど、この有利な状況でこれからあいつが新たに問題を出すなんて、考えにくい――」

「……それは遡って答えてもいいんですか？」

「……え？」

「もし、あいつがもっと前に――【謎かけ】を僕にしていたとしたら」

僕は、思い出していた。

この夏祭りの前。

御簾村（みすむら）さんに、最初に話しかけられた時のことを。

＊　＊　＊

「……ふふ、なんで話しかけた、と思う？」

「女の子が気になってた男の子を誘う理由……そ・れ・は、なんでしょう？　ふふふ」

＊　＊　＊

ペネさんがびっくりした目で僕を見ている。

「確かに……今、アスモデウスは御簾村と融合しているはずだから……もし御簾村に謎を投げかけられていたとしたら、遡って【謎】が有効になる」

そこで、僕たちの話が耳に入ったのか、アスモデウスが目に見えて焦り始める。

「何を話してるの……？　まさか……まさかまさか……今の私は【アスモデウス】と【御簾村心香(このか)】の二つの記憶を持っている……ならば」

僕は、ペネさんに耳打ちをする。僕が御簾村さんにされていた【謎かけ】の中身を伝えるために。

「……止(や)めろ止めろ止めろ止めろおおお！　そこまで遡るな卑怯者(ひきょうもの)おおおお！」

アスモデウスが、必死の形相で僕らに向かって叫ぶ。

悪魔から卑怯者、なんて言葉が聞けるとは思わなかった。

「……御簾村さん。あの時言ったよね。君が僕を誘う理由はなんでしょう、って」

僕がそう言うと、アスモデウスは、必死に御簾村心香の面影を取り戻そうと、できるだけ柔和な顔を作ろうと試みる。

「冥賀くん！　冥賀くん冥賀くん！　ああ、もっとお話ししましょう！　お友達じゃない！　私ね！　あなたのこと、嫌いじゃなかったのよ！　本当に本当に本当に！」

だけど——もう遅い。僕より先に、その続きをペネさんが継ぐ。

「悪魔アスモデウスよ！　汝の問いに答える！」

ペネさんの指先に光が溜まっていく。

「お前が冥賀くんに話しかけた理由は——【冥賀くんを利用しようとしていた】からだ！　最後まで自分のエゴと快楽のためだけに動いたお前は……最悪の悪魔だ！」

「ああああああああああああああ！」

断末魔の悲鳴。アスモデウスの顔が、醜く歪む。

「『女神の裁定』！」

同時に、ペネさんの指先から激しい光が照射され、アスモデウスを直撃する。

「バカな……バカなバカなバカなバカなあああああ！」

光に包まれたアスモデウスは感電したように、激しい痙攣を始める。

そして、僕たちの横で最後の力を振り絞った人がもう一人——

「……時間稼ぎありがとよ、ペネメー。冥賀。お陰で少しは回復したぜ」

「サー姉！」

「おおおおおおお！」

サハリエルさんが決死の表情で掌から出した光を、アスモデウスに向かって放つ。

「飛んでってふん縛れえええええええ！」

「ぎゃあああああああ！」

その光は矢のようにアスモデウスの心臓に突き刺さった。そこから噴き出した鎖が彼女の身体全体をくるんで、ふっと消える。同時に、アスモデウスは力を失ったようにふらり、と落下してきた。地面に落ちた瞬間、ぐしゃり、という嫌な音がする。

「サー姉！」

ペネさんが、弾かれたようにサー姉に駆け寄る。

「おおよ。まあ、大丈夫だって……ちょっとは休みたいけどな」

ヘドロの当たった箇所は火傷のようになっていたが、命に別状はなさそうだ。

一方、僕は——そっと、地面に伏している御簾村さんに近づいた。

「……御簾村さん」

「冥賀くん——たすけて。痛い、痛いの……私、天使に、捕まりたくないの——きっと、ひどいことされるから——」

御簾村さんの脚が、おかしな方向に折れ曲がっている。彼女は、僕の目を見て言った。

僕の中で、迷いが生じる。

「ねえ、わたし、冥賀くんのこと」

御簾村さんは、大きく呼吸しようと、パクパクと口を開ける。肺が挫傷しているのか、ぜえぜえという血液の音が混じる。

「本当に嫌いじゃなかったの——だから——」

「御簾村さん——」

僕は迷う。

もう、この状況で僕に嘘を吐く理由はないはずだ。

なら、御簾村さんは本当に——？

僕の、高校で初めてできた友達。だから、彼女のことを——

と、ふと気が付くと、僕の隣にサハリエルさんがよろめきながら立っていた。

「……トラップボール」

そうつぶやくと、御簾村さんに向けて掌サイズの球を落とす。

　次の瞬間、御簾村さんの身体は、琥珀の中に埋まっている昆虫みたいに、球体の中に身体を縮めて収納されていた。

「こいつは暴れる悪魔を捕らえる用の特別な道具だ。……いいか冥賀、耳を貸すな。こいつはお前のクラスメイトじゃない。殺戮と色欲の悪魔、アスモデウスなんだ。だから……あたしがこのまま『煉獄』に収容しに行く」

「……お願いします」

「ああ」

　僕は未練を断ち切った。御簾村さんの最後の言葉が、本心だったのか——いや、本心だったとしても、知らない方がいい。

「ふう」

「お疲れ、ペネさん」

　ペネさんは、床にぺたんと座りこんでいた。

「……わたし、失敗しちゃった」

「ペネさん」

「単独行動の上に、推理を間違えて、五百人の犠牲が出た。たぶんわたし……処分を受けると思う」

「え？」

そういえば、そんな話があった。でも……僕と別れて単独行動していたとしても、結果として悪魔を捕まえられればいい、はずだ。

「納得できないです！　僕の……僕の責任です！　少なくとも、僕が夏祭りに行くだなんて言い出さなければ、こんなことには……」

「しょうがないよ。せっかく冥賀（みょうが）くんに友達ができるかもしれなかったんだもの」

「ペネメー、あんた……」

サー姉が心配そうな顔で見つめている。

「わたし、処罰を、待つね」

ペネさんは弱々しく笑った。

「罰かあ。やだなあ。あの時みたいに——ならなければいいな」

こうして、すべての人にとって苦々しい帰趨（きすう）を抱え、その夜の事件は幕引きとなったのであった。

幕間 × 汚れた地上は、善意で舗装されてすらいない。

しんしんと、雪が降っている。

綿毛のような白い雪がわたしの身体を――自慢の羽を覆い隠す。

呼吸をする度に、肺にガラスの破片が突き刺さったみたいに痛む。

天使であることは、『死なない』ということを保証しない。

もちろん――普通の人間に比べて死ににくくはなっている。

ホメオスタシスという身体を一定の状態に保とうとする性質。天上存在はそれが、人間に比べて非常に強いらしい。だから、寿命も長いし死ににくい。

ただ、それは苦しむ時間が増えるということでもある。

だからできるなら、死ぬような目に遭いたくはないのだ。

「うう……」

みじめさに、唇を噛む。

涙が出てきては、端から凍ってしまいそうだ。

少し前、とある事情により、わたしは罰を受けた。堕天刑だ。そのこと自体は納得している。だけど……こんなのってあんまりじゃないか。

クリスマス・イブだぞ。

聖なる夜に、天使が、なんで凍死しかけないといけないんだ。

誰かを恨む気力すら、だんだんと減衰してきた。

だから、だろうか。

「……たすけて」

つい、口から漏れてしまった。

その声が。とある人の耳に、届いた。

「……なに、すればいい？」

「え？」

「……君は、どこから来たの？」

わたしの目の前に、少年がいた。

歳の頃は、六つか、七つか――。

その手に持っているものは、温かそうな……毛布だった。

第五話 × 天使のいない世界に、ラブソングは響かない。

「……申し訳ありませんでした」

その声は、僕が今まで聞いたペネさんの声で一番恭しく、同時に弱々しいものだった。

僕の家の居間で、ペネさんは訪れたシェムハザさんに必死で頭を下げていた。土下座して低く下げた頭から、金の髪の毛が床についている。

あの後サハリエルさんは、一命は取り留めたがとりあえず入院することになった。

夏祭りでの五百人の死者は、ニュースではアスモデウスの悪魔犯罪と報道され……御簾村さんもその犠牲者の一人として処理された。

だが、問題はそれに留まらない。

状況を鑑みるに——どうやら、お目付役の僕を振り払って単独行動したペネさんの罪はだいぶ重くなりそうだった。

自分勝手な判断による現場放棄。命令違反。

そして、推理に失敗して大量の犠牲者を出してしまったこと。

それらすべての罪状にまとめて問われたのだった。

「……私に頭を下げても仕方がないでしょう、ペネメー」

シェムハザさんが、ペネさんを諭す。

「処分をくだすのは私ではありません。これから来る、さらにお偉方に、私と一緒に謝るのです」

「……すみません、シェムハザさん。ペネさんに処分をくだすのって、誰なんですか――?」

僕は尋ねた。

「沙汰をくださるのは、能天使ラファエルさまです」

「……能天使……っていうと」

「第六階級。私より二つも階級が上の天使です」

よくわからないが、偉いということはわかる。その時だった。

「たのもー」

玄関から声がする。扉を開けに行くと、僕への挨拶もそこそこに、首元に毛皮のついた着物を羽織った、グラマラスな女性がずかずかと家に入って来た。土足で。

「……ラファエルさま、ご無沙汰しております」

シェムハザさんが恭しく頭を下げる。

「あーよいよい。くるしゅうない」

この人がラファエルさん。天使長より遥かに上の役職を持つ天使が、責任を取るために出てきたのだと言う。ラファエルさんは居間にどっかりと座った。

「わらわまで報告が上がっておる。ペネメー……とかいうの。おぬし、やらかしたそうじゃな」

「……あの、その、わたしがすべての責任を……」

ペネさんも、珍しく本当に焦っているようだった。

「なので、どうか、人間の冥賀（みようが）くんには沙汰が及ばないように、どうか……」

僕のためかよ！

僕は、情けなくて自分自身を殴りつけたいような気持ちになる。

「ペネメー、もっと深く頭を下げなさい」

シェムハザさんがペネさんの頭をさらに押さえつける。

「すびばせんでした……」

「私からも、謝罪いたします。ラファエルさま。どうか……どうか、ペネメーに寛大なご沙汰のほどをお願いいたします。私は……ペネメーは今後の我々の活動に欠かせない、必要な人材だと思っております」

「て、て、天使長～！　は、初めてわたしのこと褒めてくれた……！」

喜んで顔を上げそうになったペネさんの頭を、シェムハザさんがこれでもかとばかりに押さえつける。

「今は喜んでいる場合ではないでしょう、愚か者」

それはそうだ。一方ラファエルさんは、顎に手を当てて考え込む。

「……ふむ。どうしたものかのう。シェムハザ天使長がそうまで言うのなら、寛大な処分を考えなくもないのだが……」

するとシェムハザさんが顔を上げ、ラファエルさんの顔を見ながら陳情した。

「……それならば恐れながら能天使さま、一つご提案が」

「言うてみい、シェムハザ」

「ここは、このペネメーに例のプロジェクトを担当させるというのはどうでしょうか」

「……『高挙計画（プロジェクト・イグゾルティション）』、か」

「へ？」

よく知らないプロジェクトの名前が出てきた。

「なにとぞ、ペネメーに汚名返上の機会を」

そして、ラファエルさんはペネさんの頬（ほお）を強引に掴（つか）んで顎を持ち上げると、にこやかにこう宣言した。

「……よかろう。グリゴリの天使、ペネメー・リドルリドルよ」

「ふぁい」

「それから……そっちの人間もよいか？」

「はい」

僕は答える。ペネさんが少しびっくりした顔をしていたが、もとより、僕だけ処分を逃れるつもりはなかった。

「そなたたちには――『高挙計画』の主要メンバーとして、プロジェクトに臨んでもらうことにしよう」

＊　＊　＊

ラファエルさんの鶴の一声のようなご沙汰。

どうやら、それでことは収まったらしい。

ラファエルさんが帰った後、シェムハザさんが残って僕とペネさんに、資料をまとめながら先ほど名前を告げられたプロジェクトの説明をしてくれた。

「天界の全精力を注いで進めてきた計画がついに実現することになったのです。……その名も、高挙計画」

「……高挙計画」

シェムハザさんは僕に向き直る。

「冥賀（みょうが）くん。君は、お父さんの冤罪（えんざい）を暴くために捜査をやり直してほしいと言っていましたが——実は我々の計画、その発想は根底から違ったのです」

「根底から……？」

「我々天界の目標は、天使側から捜査官を過去に送り込んで、MOVID（モービッド）が大流行したパンデミックをなかったことにする、そして……失われた人類を取り戻す、ということだったのです」

「過去に……？　なかったことにする……？　そんなこと、可能なんですか」

「ええ。そのために、ひとまず会ってほしい男がいます」

＊　＊　＊

僕とペネさんは、シェムハザさんに導かれ、とある場所に連れてこられていた。詳しい場所は教えられない、ということで目隠しをされたまま。

どうやらそこに、今回の『高挙計画（プロジェクト・イグゾルティション）』における最重要人物がいるらしい。

それは、天国と地獄の間にある場所……『煉獄（れんごく）』にあると言われる、天上存在（セレスティアルズ）専用の牢獄（ろうごく）、だった。

「はい、目隠しを取ってください」

その声を合図に、僕とペネさんは目隠しを取る。

そこは、一見美術館かとも思わせる、白くて広い建物の中だった。

ただ、ときどき壁に大きな窪みのような通路があって、その先が見通せないほど深くなっている。まるで、そこだけ闇が光を吸収しているようだ。

「この牢獄は特別製です。あらゆる天使と悪魔の特殊能力を無効にする施設です」

シェムハザさんの声を聞いて、ペネさんが指先を掲げ、小声で試す。

「……クイーンズ・ディシジョン……あ、ほんとだ。何も出ない」

勝手にそんなことをして、シェムハザさんに怒られが発生しなければいいけど。

「ここにいるのが、高挙計画のキーパーソンです。では行きましょう」

シェムハザさんは、ひたすら暗闇になっている通路に向かって歩いていき、僕たちも遅れないようについていく。なんとなく、この場所……一人でいたら頭がすぐにでもどうにかなってしまいそうな感じがある。

「キーパーソンって、誰なんですか」

「とある凶悪犯の悪魔ですよ。以前、大罪を犯して、隙を見せた時にここに収容することができたのですが、彼には他に類を見ない特別な能力がありまして」

そして僕たちは暗闇の果て、その牢の前に来た。

暗闇に、水平線に思えるほど鉄格子が続いている。その奥に、ほのかな人影が見える。

「ヴァサゴ・リスポーン。彼の能力は——時間遡行です」

すると暗がりから、悪魔がぬっ、と顔を現して、檻の格子に飛びついた。

「YAAPPYYY！　ヘイ、君ら辛気くせえ顔してんじゃーん！」

めちゃくちゃ陽キャだった。

ヴァサゴは雑音が混じったような、舌を震わせた奇妙な笑い声を上げる。

「俺サマーちゃんの、名前はヴァサゴ！　よろピッピね！」

夏っぽい一人称……というか不思議な言葉遣いだ。基本的には「チャラ男」と呼ばれる言動をしているのだが、身体中には、絵の具をぶちまけたみたいなタトゥーが彫られている。顔つきは、爬虫類のような男だ、というのが第一印象だった。

「WRYYYY、シェムハザぁ。てめえ、なに企んでやがんだ？　おお？」

恨みでもあるのか、ヴァサゴはシェムハザさんにはやけにつらく当たる。

「……高挙計画の概要は事前に送ってあるはずですが。聞かされていませんでしたか？　私たちの計画、それは過去に戻って、パンデミックをなかったことにしようという発想です。あなたにはそれに協力してもらいます」

「ずいぶんと大層な計画じゃねえか」

「そのために、残念なことにあなたが欠かせないのです。できるのですよね？　ヴァサゴ」

「ったりめ――よ！　ヴゥアアアーカ！」

口が悪い。さすが悪魔っぽい。

「というよりやってもらわないと困るのです。作戦成功時には恩赦も用意していますから。その代わり、我々の意に沿わない行動をした時には、【存在消滅】の縛りをかけてありますからね」

「……ちっ。だいたい、んなこと言われてもよ。そこのそいつらと一緒に行くんだろ？　俺サマーちゃん、面白くないやつとは組めねえなあ。だから、お前ら、俺サマーちゃんの前でなんか面白いことやれよ」

「はあ？」

ヴァサゴは、突然僕とペネさんの方を見て、無茶振りをしてきた。

「やれよ！　俺サマーちゃんは面白いやつにしか力を貸さねえの！」

我が儘放題のヴァサゴは笑わずに言う。どうやら本気みたいだ。

「……どうしよう、冥賀くん」

「ペネさん、あれを解禁しましょう」

「あれ……？」

僕はペネさんの耳に計画をごにょごにょする。

「えええええやだやだやだやだ！」

「……でもやらなくちゃ……！」

ということで、僕たちは一か八か作戦を決行する。

ペネさんが、じーっとヴァサゴを見つめてから……。

「……えー、ペネメー・リドルリドル。これから、ゆかいなはらおどりをします」

ペネさんが、ぺろり、と自分のキャミソールをめくって腹を出す。

「はらおどり……？」

「どんどどすどどん」

僕はボイスパーカッションで援護する。

「はーーらがーでたでーーたー、はらがーでーたー」

「どどすんどどんど」（僕のボイスパーカッション）

「やーまにでーた、のーにもでたー、路上にでたー」

「…………」

沈黙。冷たい空気が流れる。

ヴァサゴは無反応だ。

しかし、それが僕らにできる精一杯の芸だった。

僕とペネさんが出会ってから二ヶ月ほど暮らして、身に付けた……【絆】だった。すると、ヴァサゴはぽつりと、こう言った。

「本当にバカだな、お前ら……」

可哀想なものを見る目で。今、悪魔に同情されたのか……？

「……人間、お前はなんかねえのか？」

「え？」

「俺サマーちゃんを満足させられそうなことだよ」

突然、矛先を向けられる。

「……ヴァサゴさん」

僕は、ギャグをやらず、真剣に問いかける。

「ああ？」

「僕は、人間の世界では……悪魔と呼ばれています。世界一嫌われている高校生とも。だから、もしこの作戦が失敗したら……僕を世界の人口分だけ殺してもいいです。こういう賭けは、どうですか？」

それは、御簾村さんがやりたかったことだ。本当に、悪魔はそういうことができるのだとしたら——

「……おもしれえじゃん」

ヴァサゴはにやりとして。

「ゲハハハハッ！　おもしれえなあ。俺サマーちゃんの言う『面白い』ってのはそういうのを期待してたんだよ。いきなり腹踊りするとか……アホか！」

そう言ってゲラゲラと笑う。

「……そういうのでよかったんだ……わたしの腹踊り、返してほしい……」

ペネさんはどんよりと落ち込んでいた。

「……おうち帰って寝たい……もうふて寝したい……」

完全にイキってやらかした人間の末路だった。たぶんこの先、何年経(た)っても今日のことはペネさんの夢に悪夢として出続けるのだろう。

だが——とにかく、ヴァサゴに認められたは認められた。

「いいだろ。お前らも戻してやるよ。三年前。パンデミック発生の日に」

ヴァサゴは、にやにやしながらそう言ったのだった。

＊　＊　＊

そして——作戦決行の日がやってきた。

僕とペネさん、釈放されたヴァサゴの三人は、天使の息がかかっているらしい教会の中にいた。その一室には、病室のようにベッドが三つ並んでいる。僕らはここから過去に戻ることになるらしい。

「それでは改めて、計画を説明します」

シェムハザさんがホワイトボードに、僕たちの計画を、図で描きながら説明する。

「これから、あなたたちには三年前……パンデミックの起源とされる日に戻ってもらいます。そして、パンデミックの震源地である細菌研究所に潜入。なんらかの手段で、ウイルスを保有するモルモットが研究所の外部に流出するのを防いでもらいます。それでは次にヴァサゴ、能力の説明を」

ヴァサゴはこほん、と咳払いする。

「いいか、俺サマーちゃんのタイムスリップは、タイムスリップとは言うが、厳密には生物の『意識』だけを同じ生物の過去に飛ばすという能力だ」

「意識だけ？」

「つまり、お前らの意識は三年前の自分の肉体に入る。その時の肉体を使って行動するわけだ。ちなみに、帰還のタイミングは俺サマーちゃんが決める」

シェムハザさんが追加で説明する。

「なお、過去に戻ったら一旦、細菌研究所付近のナクドナルドで待ち合わせてください。あなたたちの意識はそれぞれの身体に入っているはずですから。集合の目安は朝10時です。また……不必要に歴史を改変する行動は取らないこと。我々はパンデミックの歴史を変えるだけでも、他の歴史に影響が及ばないよう綿密な計算の基に計画しています。あまりに歴史を変えすぎると、あなたたちの存在がここの歴史と連続性のない空間――【歴史の狭間】に入ってしまい、二度と帰れなくなることがあります」

さらっと怖いこと言うな。

「じゃあ例えば、『スポーツ年鑑』みたいな本を買って、賭け事で大儲けするのはだめってことですか。そうすればわたし働かなくてもよくなると思うんですけど」

ペネさんが俗な質問をした。

「タイムマシン映画の二作目ですか。やめましょうね」

シェムハザさんは呆れているようだった。そして、シェムハザさんは、僕たちに向けて白い『ツナギ』のような服を手に取って見せる。

「時間遡行の際は、この服を着ること。戻ってきた後は、歴史が変わりすぎていないか、この白い服で確認できます。この服は、リトマス試験紙のように、現在の歴史からずれていくほど『黒』に近づきます。過去から戻ってきた後、この白い服がまっ黒になっていたら、違う歴史に着いてしまったということで取り返しがつかないので気を付けるように」

ということで、僕たちはツナギのような真っ白い服に着替える。

「わー、冥賀くん、なんかこれ、映画みたいにかっこいいね」

ペネさんが嬉しそうにダボダボの特別衣装を着て回転してみせる。

「ね、冥賀くん、かわいい？」

「はいはい、かわいいかわいい」

僕は服を着ながら考える。

「……ねえ、ペネさん。このミッションに成功したら、パンデミックもなくなる。だから、あの夏祭りの日に死んだ五百人も、なかったことになるんですよね」

「……うん。がんばらなくちゃね」

僕は、今でも時々御簾村さんのことを考えていた。彼女の過ちもなくなったことになれば……改めて友達になれるかもしれない。そんな甘いことを考えながら。

「それでは、準備ができたらそこの台に横たわって眠るように。……幸運を祈ります」

シェムハザさんが祈りを捧げる。

僕ら三人は台の上に横たわり、時間遡行の覚悟を決める。

「じゃあ、またあとでね、冥賀くん。いや、あとってか、三年前だと『また前でね』の方がいいのかな……どっちなんだ、ううー」

「……はい。また会いましょう、ペネさん」

かくして僕らは、三年前の世界へ飛ぶ。意識だけ、過去に跳躍する。

そして、絶対に……歴史を変えるんだ。

パンデミックのなかった世界に。

＊　＊　＊

意識が、ゆっくりと浮上していく。

「……ここは――」

僕は、目を開けた。

自分の部屋だ。カーテンを開く。二階の窓から見えたのは――いつもより人が多い気のする通学路。

身体（からだ）を起こすと、明らかに目線が低い。姿見の中には、十四歳の時のまだあどけなさの残る僕の姿が映っていた。ってか十四歳の僕、こんな身長低かったっけ？

僕は転がるように階段を駆け下りて、テレビを点（つ）ける。

「それでは次は、魚市場の親子丼を食べてみたいと思います！」

女性アナウンサーが、朝の魚市場で親子丼を食べる食レポをやっていた。

悪魔が何人殺しました、などの悲惨なニュースはない。

そして、スタジオに飾られていたサイコロカレンダーを見て、確信する。

「……本当に三年前に戻ってきたんだ」

まだ、パンデミックが起きる前。

あの感染症が、人々の自由を、心を奪う前の時間だ。

「……なんだよ、ちくしょう」

気が付くと、ぽろぽろと目から涙が零(こぼ)れ落(お)ちていたのを袖で必死に拭う。

自分が失ったもの。世界が失ったもの。

そんなかけがえのないものの重さに、押し潰されそうになる。

今回の僕たちの仕事は、この日常を守ることだ。

世界の人口の半分が死に絶えて、残った人々も悪魔の犯罪に怯(おび)え続ける日々を訪れさせないことだ。

「よし」

僕は、自分の頬(ほお)をぱん、と叩(たた)いて気合いを入れる。

その時だった。

「……ハル兄さん？」

「……真理亜(まりあ)？」

部屋の入り口から僕を心配そうに覗(のぞ)き込(こ)んでいるのは、十三歳の真理亜だった。身長はまだ１５０にも満たないだろうか。この時代は苗字(みょうじ)も冥賀(みょうが)真理亜なわけで、同じ屋根の下で同居しているのか。

「兄さん、なぜ泣いていたのですか？」

「あ、いや、その――」

「頬に、涙の跡がついていています。悲しい夢でも？」

そう言うと、真理亜は僕の目蓋の下から、肌を指でそっとなぞってくる。

「そうだね。ちょっと悲しい夢を見たかも」

だが、真理亜の指は途中で止まる。

「……いえ。これは……悲しいというのは違う気がします。兄さんはたぶん……何か大きなことをなさろうとしているのですね。……違いますか？」

「そ、それは……」

僕はあからさまに動揺してしまう。なぜ、そんなことまでお見通しなのだろう。下手にバレると歴史が変わってしまうし、どうやってごまかしたものか。だが……真理亜は、ふ、と笑った。

「……いいですよ。たとえそれが何だとしても……私に言わなくて」

「え？」

「なんとなく……それは、私のためにもなることなのですね？　だって——今日の兄さんは、わたしのことを、とても愛おしく見てくれている気がします」

真理亜は、僕の手をそっと自分の頬に持っていく。そして、貝殻の音でも聞くように、僕の脈動を聞こうと目を閉じる。

「兄さん。でも、無茶だけは、しないでください」

「……うん。必ず……必ず、真理亜に悪いことがないようにする」

「……はい。お願いします」

真理亜は、優しく笑ってくれた。

「ハル兄さんの望むように、どうか……やってください。そして、なにもかもうまくいくといいですね」

「……ああ。うまくいかせる。運命に勝つ。だから……待ってて」

僕は、靴を丁寧に履くと、真理亜に背を向けて家を出た。

振り返らずとも、僕の姿が見えなくなるまで真理亜が見守っていてくれているような、そんな気がした。

＊　＊　＊

そして、僕は――約束のナクドナルドに入る。

たかだか三年のスパンでは大きく変わったことはないように見える。わずかに、元の時代より人が多く感じるくらいだ。さて、ペネさんやヴァサゴはどこに――。

「やっほー、冥賀(みょうが)くん」

あっさり、ペネさんが先に見つかる。奥の席で、シェイクをすすりながら手を振っていた。というか、いつもと同じ桜色の毛布なのだから、間違いようがないのだが。

「さすがに天使は外見変わってないですね」

「ていうか冥賀(みょうが)くん、わ、若い……」

「そりゃ、十七歳じゃなくて十四歳ですから」

「中二……！　やだ、おねショタになっちゃう……！」

「なぜ目を輝かせてるんですか」

「だって合法ショタが目の前に……！」

「合法もなにも、元々ペネさんは天使なんだから僕なんかよりずっと年上だって話じゃないですか。変わらないでしょ、三年ぐらいじゃ」

そんな駄話を一通り繰り広げてから、僕はナクドナルド店内を見回す。

「……それより、ヴァサゴは来てないんですか？」

「うん、いないね」

「約束の時間は何時でしたっけ？」

「朝10時」

「今は？」

「10時半」

そして、僕とペネさんは顔を見合わせて、呼吸を合わせたように叫んだ。

「「あいつ、逃げやがったか！」」

はあ、と僕らは溜め息を吐く。

「だから冥賀くん、悪魔なんか信用しちゃダメなんだよ」

「確かに。逃げるようなタイプですね、あいつは」

「チャラいし。チャラいやつは大体死ぬべき」

「暴言だ……」

「でも……冥賀くん、どうしようか。研究所、わたしたちだけで行く？」

「う——ん、最悪そのパターンですね……ヴァサゴ、店内にも隠れてなさそうだし……」

あれ、ペネさん、この封筒は？」

その時、身を屈めた僕はテーブルの裏に何かが粘着テープで貼り付けてあるのに気が付いた。

「え、知らないよ。わたしが来る前にあったってことじゃない？」

僕は、その封筒をペリペリとテーブル裏から剥がす。

「……あ」

一目でわかった。封筒の表にきったない筆致でヴァサゴの似顔絵（自画像）が描いてあったからだ。

「ペネさん、これヴァサゴの残した封筒！」

「えええ！」

僕らは、飛びつくようにガサガサと封筒を開く。その中には、一通の手紙が入っていた。

「やっほー、天使ちゃんと人間、そこにいるー？　俺サマーちゃんさあ、研究所の前に別件でちょっと行きたいとこがあるんで、そこ行ってから研究所合流すっわ！　しばらく自由行動で！　ほら、修学旅行の時もいたでしょこういうやつ。ま、あとで行くから心配すんなって。んじゃ、そういうことで！　SEE YA（シーヤ）！」

それを読み終わるやいなや、僕は封筒をテーブルに叩（たた）き付（つ）けた。

「あんちくしょう！」

「ふざけてるよね。ふざけてるなあ」

「ぺネさん、こいつ、あとで来るってほんとうですかね。それとも逃げたのかな」

「正直……逃げた可能性はあると思う。わたしだって逃げたいよ、面倒だから。いっそ、まとめて逃げちゃう？」

「……ダメです。僕たちだけでもやりましょう。パンデミックを防ぐためには……なんとか今日、研究所からモルモットが持ち出されるのを防げばいい。そのために見張ってるか、犯人が父、あるいは別人物だとしたらそいつを捕まえればいいんです。行きましょう、細菌研究所！」

＊　＊　＊

ということで、僕たちは、研究所の前に立つ。宝木原細菌研究所。

「さて、どうやって入りましょうか……」

「え、チケットとか売ってないの？」

「売ってませんよ映画館じゃないんですから！」

「むむむ。仕方ない、奥の手使うか」

「なんですか」

「グリゴリはね、天界大変動の前もなかったわけじゃなくて、諜報機関みたいな感じで、暗躍してたんだって。だから、偉い人に連絡したらパスを貰えるんじゃないかって」

「なるほど、なんでそんないい手があるのに……」

「わたしが知らない人に連絡するなんてできるわけないから！」

えっへん、とペネさんが胸を張る。全然自慢じゃないんだけどな。

「……ということで、冥賀くん、電話かけるから、応対よろしく」

ペネさんは僕にスマホを渡してきた。その画面を見ると、既にどこかにダイヤルしているようだった。

「え、え――――！　な、なんて言えば！」

「細菌研究所のパスくださいって」

「そ、それでいいんですか……よし」

　ぷつり、と電話がつながる音がした。

『ちわー、町中華・來々軒です－』

　僕は、通話口を手で押さえて、ペネさんに向けて叫ぶ。

「ペネさん、町中華につながっちゃいましたよ！　來々軒って！」

「じゃあ冥賀くん、【スペシャル親子丼ください】って言って」

「なんでこんなときに親子丼を！」

「ちがうって、カムフラだよカムフラ。それがグリゴリの合言葉なの」

「あ、あの……スペシャル親子丼ください……」

『……ご注文は』

　その瞬間、來々軒のテンションが一段低くなったような気がした。

「細菌研究所に入りたいんですけどパスを二人分いただけますか……」

『出前、了解しやしたー！　すぐにお届けしやす！』

　そして、電話は切れる。話が通じてしまった……。

　それから10分程度。

「來々軒です－」

　白衣に三角巾を被った中年男性が、『おかもち』を持って出前に来てくれた。そこを開けると、パスが二枚入っている。

「……あざっしたー」

出前持ちはできるだけその場に長く留まらないよう、迅速に去って行った。

「すごいな、天界の権力……前からこんな暗躍してたんだ……」

「ね。さ、このパスを持って中に入ろう」

僕とペネさんは細菌研究所のエントランスに向かう。

「すいません、施設見学で二人、このパスで入りたいんですけど……」

エントランスの警備員はそれと僕たちを見比べてから——

「了解です。とりあえず、手指の消毒と……あと、指輪などの金属類だけは持ち込めませんので、そこに外しておいてください。このエントランスゲートには強力な磁石が含まれていますので……もし指輪をつけていたら、指がもぎ取られることになりますから」

「……ひえ。了解しました」

僕らは、金属類のものを身につけていないか恐る恐る確認しつつ、スマホ類をいったん預け、手指にアルコールを拭きかけた後、でかい金属探知機と思われるゲートに向かう。

そこで一緒にマスクもつけるように指示された。

そして、僕らは研究所の中へと足を踏み入れた。

＊　＊　＊

「えーと、父が勤めてたのは、新種細菌研究室の……たぶん、六階だったと思う」

「じゃあそこ行こう、冥賀くん」

ペネさんはさっとエレベーターに乗ってしまった。僕も慌てて後から乗り込む。

「ねえペネさん、やっぱ、僕って父には見つからない方がいいですよね。歴史のナントカ的には……」

「マスクしとけばバレないんじゃない？」

「そうだといいですけど……」

六階に着くとすぐにエレベーターがチン、と鳴って扉が開く。

その瞬間——僕は雷に打たれたような衝撃を受ける。

廊下の奥に向かって、一人の中年男性が歩いていく。後ろ姿で、一目でわかってしまった。その人物は、突き当たりの角を左に直進していく。

「……どうしたの冥賀くん、エレベーターから降りないで固まって」

「父さん……」

「え……？　さっき左に曲がったの、冥賀くんのお父さん？」

「……うん。遠くからでもはっきりとわかった」

でも、本当にこの後、父はモルモットを逃がすのか？　それとも真犯人がいるのか？　いや、止まっていられない。

「……行こう！」

僕たちが後を追いかけると、ちょうど父が一つの部屋に入ったところだった。

僕たちは、その閉まったドアの前に向かって表札を見る。

第四新種細菌研究室

そんな部屋名だった。

「ここからＭＯＶＩＤ（モービッド）を持ったモルモットが脱走した、それを父が故意にやったことになってるのか……」

だが、まだ間に合う。

今の父はまだ大罪人でもなんでもない。余計なことに巻き込まれる前に、ここから離れろ、と忠告してあげれば一番スムーズに――

僕の足が部屋の中に向かって動こうとしたその時。

ペネさんのいない方の左肩を誰かに掴（つか）まれ、僕の全身は一気に縮み上がった。

「ＯＯＰＳ（ウープス）！　軽々に突っ込まないほうがいいぜ。俺サマーちゃんの調べだと、今あの部屋には研究者が五人も入ってる。うかつに突っ込んじまうと歴史がどう変わっちまうかわからねえからな」

「ひっ!?」

そこにいたのは――

「うぃっすー」

ウインクしている、全身タトゥーまみれのピエロみたいなチャラ男。

ヴァサゴ、だった。

「ヴァサゴ! ……どの面下げて来たの。逃げたんじゃなかったの」

ペネさんが小声でちくり、と嫌味を言う。

「なあに言ってんの、ちゃあんと俺サマーちゃん来たじゃーん。それに……俺サマーちゃんが行ってたところも絶対のちのち重要なやつだぜ」

「……どこ行ってたんだよ」

僕が問うと、ヴァサゴはそれを待ってました、とばかりににっこりして答えた。

「ちょっとな、『神』に会ってた」

「……神? ペネさん、それって……」

「……天界でも、誰も会ったことないと思うよ。ハッタリじゃないかな」

「はーあ。相変わらず、神を自覚できねえやつらだなあ。まあ俺サマーちゃん、神に色々なことを教えてもらってたんだよ。有意義だったぜ。で、その話は今はいいとして、だ。俺サマーちゃんたちは、ちょっと離れたところに隠れて、タイミングを見た方がいい。いったん、あっちの自販機のある休憩所に行こうぜ」

ヴァサゴの言動がよくわからない。

だけど、まあ……提案に乗らない理由もない。

僕たちは、いったん様子を見るため自販機に向かうことにした。

＊　＊　＊

自販機前に向かうと、髭面の先客研究員がいた。

研究員は僕たちの姿を認めると、露骨に顔を逸らし、空き缶をゴミ箱に投げ捨てる。研究員がつけている薬指の指輪に、照明が反射してキラリ、と光った。

「……じゃあ、この辺で5分くらい様子を見て、父さんが第四研究室から出たところに僕らも行きましょうか」

「…………………うん」

どことなく、ペネさんの顔色が悪い気がする。

「どうしたんですか、ペネさん。顔色悪いですよ」

「……冥賀（みょうが）くん。わたしちょっと、マズイことに気付いちゃったかも」

「……何？」

「わたしの予想が正しければ、あいつが犯人で、そうなるとわたしたち……マズイ状況かも……。でも、そんなの……どうして……」

どうやら、ペネさんは何かショックな推理に辿（たど）り着いてしまったらしい。

「落ち着いて、ペネさん」

その時、第四研究室から父と、他に四人が出てきて、さらに向こうの廊下に向かっていくのが見えた。会話している声は、はっきりと聞き取れない。

「あ、父を含めて、五人出て行った……ペネさん、あそこに入るなら今かも！」

「ＷＲＹＹＹ（ウリィィィ）！　行くぞお前ら！」

ヴァサゴがさっさと研究室に向かって行く。

「あ、待ってヴァサゴ……ええい、ままよ！」

ペネさんも、何かの思いを断ち切るように、ヴァサゴに続いて研究室に入る。続いて僕も。そこには――

「……え？」

僕たちの目の前には、酸素供給装置のつながれた密封されたガラスケースがあった。ラベルには【ＭＯＶＩＤ（モービッド）】と書いてある。だが、その中には――何も入っていなかった。

「あれ、冥賀くん、これモルモットのカゴ……なのかな。でも、何も入ってないよ」

「え、じゃあ……やっぱり父さんが犯人なのか？」

だって、さっき父さんが出て行って、僕らはそのすぐ後に入った。なのに、モルモットはどこかに持ち出されていた。ってことは。

「やっぱり父さんが……！」

「……違う。違うよ冥賀くん」

「え？」

「冥賀くん。さっき自販機のある休憩所にいた研究員ね、指輪をしてたんだ」

「……指輪？」

「わたしたちはエントランスゲートで外させられたのに」

「ってことは？」

「明らかに本物の研究員じゃないやつが……この研究所に『裏口から』忍び込んでる。それで、あの指輪は……ううん、まずはあいつを探そう！」

僕たちは、部屋を出る。すると、案の定だった。

ちょうど、先ほど休憩所にいたひげもじゃの男が、人目を窺うようにしながら、違う部屋に入っていく。その後から、僕らは同じ部屋に飛び込んだ。

「おい、お前、待て！」

僕は、大声で叫んだ。

そして、その研究員の背後にあるものを見る。

「やっぱり……お前が犯人か」

それは、モルモットが入っているケースだった。状況から考えるとそれがＭＯＶＩＤ(モービッド)の原因となったモルモットだろう。タイミングを見て、研究室からここに移し替えたのだ。

「研究員じゃないだろ！　誰だ、お前は！」

「……ほう、やはり来ましたか」

ひげもじゃの男は、サンタクロースのような一面の白髭(しらひげ)で、細かい顔つきはよくわからない。だが、何かがおかしい。この既視感、聞き覚えのある声——

「……やっぱり、そうなんですね」

「ペネさん？」

「信じたくなかった。でも……あらゆる不可能を排除して……目の前に残ったものが真実」

ペネさんは、震える声で言いながら、つかつかと前に歩いて行く。

「……ふむ」

髭の男は落ち着き払っている。

ペネさんは足を止めた。

「……正直、わたし、その可能性は排除してた……ううん、したかったんだろうな」

「いったい何の話なんですか、ペネさん……？」

「全部つながってたんだよ、冥賀くん。すべての謎が、今……解けちゃった」

「どういうことなんですか、教えてくださいペネさん！」

「……今までの事件の黒幕。悪魔たちに『デイモス』と呼ばれていた存在。悪魔たちを裏で操っていた存在。その正体は」

　ペネさんは、その黒幕の名前を──静かに呼んだ。


「シェムハザ天使長、あなただったんですね」


「……ふふ」

　髭だらけの男は気まずそうに笑うと。

「このタイミングであなたたちのような存在が現れるなら、私の作戦はうまくいったということですね」

　地獄から聞こえるような渋い声だった。それでもよく聞くと、シェムハザさんの声だった。あの人が、こんな恐ろしい声を出している？　信じられない。

　だが、髭だらけの男はそっともじゃもじゃの付け髭をはずした。

「いかにも私こそ──あなたたちが遭遇したであろうすべての事件を裏で指揮している、

『デイモス』ですよ」

そこには——見慣れた、シェムハザさんの顔があった。

「そんな……シェムハザさん……一体、どうしてこんなことを」

「私はね、ずっとパンデミックを起こしたかったのですよ」

「え？」

僕は、耳を疑った。

「パンデミックによって、悪魔と天使が表に姿を現すことができたのでしょう？　お陰で、悪魔への畏怖と天使への信仰は、かつてないほど高まっているはずです。これは、いわば【振り子】なのです。その後の事件も、振り子に勢いをつけるためのものでした」

「……振り子？」

「凶悪な悪魔と、善良な天使の間で、人々は翻弄される。そうやって振り子のように運動エネルギーさえ保持していれば……今後数千年にわたってその畏怖と信仰が続き、天上存在（セレスティアルズ）を人々が崇（あが）める時代が復権する。それが——私の望みです」

「……天秤（てんびん）を手で無理矢理（むりやり）動かして、釣り合いが取れてるとぬかすのは間違ってると思うよ、天使長」

ペネさんが、シェムハザさんに口答えする。

「間違っていません。むしろ、なぜこの計画を今まで誰も実行しなかったのか不思議でならないですね。このシェムハザ・ガンドロックの野望こそ、天上存在の歴史五千年の中で最大の偉業なのに！」

「ケッ。な、な、な――――！　歪んだ歴史観持ってるだろ、こいつ。俺サマーちゃんは気付いてたぜ。だから俺サマーちゃんも手伝うのが本当は嫌だったんだ」

まさか、ヴァサゴの方がまともな倫理観を持っているなんて。知りたくもなかった。

なんなら尊敬までしていたシェムハザさんが黒幕だったなんて。

僕たちは、あのパンデミックでたくさんのものを奪われた。

そのすべてが、あいつのせいなのだ。

「……シェムハザ天使長。だったら……なぜわたしに優しくしてくれたんですか。なぜ、わたしをここに送り込んだんですか」

ペネさんが震えながら尋ねる。

「ああ、それは。今の私が考えることだからわかります。三年後の私はたぶんこう考えたんでしょう。グリゴリの中で一番『無能なやつ』に計画の仕上げを任せよう、と」

「………………」

ペネさんは黙っている。ペネさんは、信頼されていたわけではなかった。

「申し訳程度に無能を過去に送り込んでおくことで、天使上層部へのカムフラージュになる。しかし……あなたがその未来の私が見初めた無能とはね。ふふふ」

むしろ真逆だった。シェムハザは、誰よりもペネさんを蔑んでいたのだ。

ペネさんは、やっとのように言葉を押し出した。

「……少しは。少しは、信頼してもらえたと思ったのにな、わたし。最初っから、ずっと、ただの無能だと思われてたなんて……」

ポロポロと涙を零(こぼ)している。

「シェムハザ天使長。だけどもう終わりです。野望は看破しました。覚悟してください」

ペネさんが、断罪するようにシェムハザに問いかける。

「なぜ？　もちろん、この展開まで予測してありますよ」

「え？」

その瞬間だった。ガシャン。と、背後で何か機械音がした。僕たちが振り返ると――

四方から、ブシュー、とガスが噴(ふ)き出してくるのが見えた。

「このガスは……」

「これ……毒ガスだよ、冥賀(みようが)くん！」

再び僕らが焦ったように言う。

ペネさんが憎しみを込めてシェムハザを見ると――

「ここで、あなたたちを始末します。それで、事件の隠蔽は完了。以後、調査には誰も来なくなる。それが最後の仕上げです」

シェムハザの顔には、いつのまにかガスマスクが装着されていた。

「シェムハザ……！」

さっきの勢いでガスを少し吸い込んでしまったか、僕らの身体(からだ)には少しずつ異変が出始めていた。

「く……て、手足が……痺(しび)れて……動かない……」

「ははは。ゆっくり苦しんでください。諸君が死んだ頃、また確認しにきましょう」

身体が痺れてきた僕らを残して、シェムハザは悠々と出て行った。

＊　＊　＊

シェムハザが部屋を出て行って5分。僕たちは、最後までガスを吸わないよう、ギリギリ動く手足でかろうじて這(は)っていった部屋の片隅でぐったりとしていた。ヴァサゴも、僕らから少し離れた場所でぐったりしている。

「……もうだめだ」

意識が遠のいていく。

「……うん、もうダメかな。あーあ、巻き込んじゃった。ごめんね、冥賀くん」

「ペネさん……ペネさんは悪く……え？」

その時、ふわり、と。

ペネさんの身体が、僕に覆い被さっていた。自分の羽で――僕の身体を包むようにして。

「ペネさん、一体何を……？」

「天使の羽はね、便利なんだよ。証拠品を包むのにも使えるし、こうやって密着すれば、人だってくるめる。わたしの羽が今持ってる空気は、普通より長持ちする天界の特別な空気。これを、ガスマスクの代わりに君にあげる。たぶん……こうすれば君はわたしより長く生きられるから。もし、シェムハザが油断してここに来るようなことがあったら、逃げられるかもしれない」

ペネさんの羽が、僕の顔を包み込む。

「ペネさん……なんで自分で吸わないんですか、その空気――」

うまく言葉が出てこない。

「冥賀くん。君は――」

僕はぎゅっと抱きしめられる。天使の羽ごと。

「もっと、愛されたり、愛したり、そんなことを希求してよかったんだよ。高校生なんだから。そういうものをあげるためにわたしはここに来たんだ。だから、だからね――最後に、愛おしくて、青臭いこと、いっぱい言うよ」

ペネさんは僕の顔を見る。

「わたしね。昔、世界には敵ばっかりで、世界にいいことなんて、いい人なんて誰一人いないって思ってた。世の中なんて、生きる価値がないかなって思うことがあったけど」

ペネさんは自分の胸を押さえる。

「だけどね、君を見つけたんだ。君に見つけてもらえたんだ」

万感の思いを込めるように。

「わたしたちは何も奪われてなんてないよ。ううん、もしかしたら奪われたかもしれない、だけど新しいものを見つけちゃいけないなんて誰にも言われてない。冥賀くんは世界に嫌われたかもしれないけど、冥賀くんが世界を嫌っちゃいけないなんて誰も決めてないの。だから、」

ペネさんは、笑った。

「生きてね、冥賀くん。わたしの分まで当たり前の幸せを手に入れて。おいしいものをたくさん食べて。お日様に当たって散歩して。ラブソングを聴いて。生まれてくれてありがとうっていう……わたしが言ってたこと、ずっと覚えてて。それからね。もしよかったら、わたしのことも——」

「……ペネさん、何を」

さっきから何の話をされているのかわからない。僕に見つけてもらえたって。何の話をしているんだ？　ペネさんは、雑誌を見て僕の家に来たんじゃなかったのか？

死にかけの意識の中で思考が混濁していく。

「待って、ぺネさん。なんで——」

その顔に触る。

もう目を開いていない。ぺネさんの身体から、体温が失われていくのを感じる。

「ウソ、でしょ？　ぺネさん……目を開けてよ」

そこで、ぺネさんの腕が力なく垂れ落ちて——その勢いでめくれ上がった毛布を見る。

「あ……」

見覚えがある。当然だ。

そこには名前が縫い付けてあった。

『みょうがはるつぐ』

その瞬間、忘れていたずっと昔の記憶が蘇った。

「ぺネさん……ぺネさん！　ああああ！　そうか、出会っていたんだ、僕らは！」

天使には、二つの罰がある。そのうちの一つが——『地上送り』。

すべてをはっきり思い出した。十年前のクリスマス・イブの日。子供の頃の僕は、行き倒れてる少女を助けたことが、確かにあった。毛布をかけてあげたことがあった。

あんまりにも僕にとって当然のことすぎて覚えてもいなかったような出来事。

だけど——ペネさんは覚えていてくれたんだ。

「……うるさいよ。俺サマーちゃんはこっからお前がどうやって出してくれるか期待してんだぞ」

「ああああああ！」

「ヴァサゴ！　お前も生きてたのか！」

虫の息だったが、ヴァサゴもまだ生きているようだった。

「このままだと死ぬけどな」

「……ヴァサゴ。それならいっそ、僕を飛ばしてほしい場所がある。ここからさらに……過去だ」

「……あ？　過去から、また過去にジャンプしてえだと？」

「……ああ。十年前……いや、この地点からだと七年前か。その年の『クリスマス・イブ』に僕を飛ばしてほしい」

ヴァサゴは呆れたように。

「……あんな。時間遡行と、その結果『正史』になる世界線ってのは、思った以上に繊細なバランスで成り立ってるのよ。喩えるなら、今来ているこの『過去』は、平地から直径五センチぐらいの足場にジャンプして飛び乗った感じじよ」

手で、五センチを作る。

「そこを踏み台にして、もう一段上に上がる。OOPS（ウープス）！　これ、めちゃくちゃ危険よ。普通なら足を踏み外す。歴史が大きく変わりすぎる危険がある。もう二度と元の時系列に帰ってこれないかもよ？　最悪、お前の存在自体、世界に存在しないことになるかも」

その言葉を聞いてなお——僕に、迷いはなかった。

「それでも……構わない」

僕がその思いを告げると——

「……面白！」

ヴァサゴは膝を打った。

「いやー、っていうかな、実はさっき聞いてたんだ、『神』に。これからお前がする無茶（むちゃ）が、俺サマーちゃんを助けてくれる正解だ、ってな。だから……やってやるよ。過去からさらなる過去へのジャンプ。ただ、俺サマーちゃんが現場にいない場合……帰還はタイマー式になる。制限時間は……5分だ。その5分で、この状況をなんとかできるか？」

「……いいよ。やってみる」

僕は、ちらり、とペネさんの亡骸（なきがら）を見る。

僕のために酷（ひど）く傷付いた天使がそこにいる。羽はボロボロ。顔は床に伏せていて見えない。もしかしたら、最期の瞬間には世界を憎んだかもしれない。

だから——絶対にもう一度君に逢いに行かなきゃいけない。

小さく震えている、ちっぽけな少女のところへ。

「ペネさん。教えてもらったことを、また返すよ。何度でも、僕らは最高のバディになろう」

「それじゃあ……人間！　飛ばすぞ！　二回目の……時間遡行！」

そして、僕の意識は遠のく。さらに七年前。僕が覚えているあの日にタイムスリップをするのだ。

＊　＊　＊

時間遡行は二回目だったから、今度はそう混乱しないで済んだ。

意識がはっきりしてきた僕は、自分の手を見てみる。明らかな子供の手。

パンデミックの日からさらに七年前。延べ時間で考えると、十年前。

この年のクリスマス・イブの日、僕はまだ七歳だった。

降りしきる雪が、身体に積もっていく。

母がいなくなってから、まだ三ヶ月くらい。家も燃えてはいない。その日、僕はいつものように、寒空の下にいるかもしれない母を探しに『温かいもの』を手に持って家から出たところだった。

そう。今の僕は、橋の上にいる。

そして今、目の前には、路上生活をしていたとおぼしき、薄汚れた、飢えた獣のような目をしている少女がいた。

少女は背中の羽を畳んで、天使であることを必死に隠そうとしている。

おそらく、凍死しないまでも、絶望の寒さの中にいる。

「……たすけて」

限界に達しかけた少女からそう声が漏れた。僕は話しかける。

「……なに、すればいい？」

少女の目が驚きに見開かれる。

「な……に、子供……？」

少女は、怯(おび)えたような、怪訝(けげん)な顔を見せる。

それからすぐに。

「がる……！」

唸(うな)りを上げて僕を拒絶しようとする。獣のように。

ここから、歴史を変えないといけない。

与えられた時間は――5分。厳しいな。

でも――できるだけのことをしよう。

「……ペネメー・リドルリドル」

僕が名前を呼ぶと、少女の目が驚きに見開かれる。

「今、君は僕のことを警戒してると思う。無理もないよね。人間なんて誰も信じられない時に、いきなりわけのわからない子供が目の前に現れたんだから」

「な、んだ……変な、こども……だ」

「だからね。言葉で説明するのはやめようと思うんだ。この毛布を、君にあげる」

僕は、手に持っていた桜色の毛布を手渡す。

「これは……」

少女は、その毛布で身体(からだ)をくるみこむ。

「……温かい……」

「これは、未来でも君がずっと持っていてくれた毛布。どうか……このぬくもりを、ずっと忘れないで。このぬくもりがたぶん、これからも君を守ってくれるはずだから」

「……ありがとう」

やっと警戒が解けたのか、少女から感謝の言葉がでてきた。

「……それから、伝えたい大事なことがあるんだ」

「……なに？」

「僕は、未来で君のバディになる。自分で言うのもなんだけど……冥賀くんとペネさん、結構いいコンビだったんだ。それで——七年後に起きる事件の、真犯人の名前はシェムハザ。シェムハザ・ガンドロックだ。それだけ覚えておいて。ガス対策だけは怠らないで」

「……何を言ってるの……？」

「……また会おうね、ペネさん」

そろそろ、5分経つのだろう。ヴァサゴの言っていた『時間制限』が来たのがわかる。

僕の意識が遠ざかろうとしている。目の前にいる、天使の少女。今はもうなくなった世界。

すべての愛しいものに手を伸ばそうとして——

そして——約束の時間が来た。

＊　＊　＊

「っはあっ！」

僕は戻ってきた。元からの時系列で言うと、三年前。

細菌研究所で、シェムハザに閉じ込められ、毒ガスで死にかけていた直後だ。

「……ここは……」

「よお、人間。成功したか？」

「ヴァサゴ？」

「お、てめえが俺サマーちゃんのことを覚えてるってことは、だいたい変わらない歴史に戻ってこれたってことだな。おめでとさん！」

僕は、ヴァサゴの腕を掴む。

「そんな！　変わらないじゃ困るんだ。だって僕は――」

その時。もぞり、と。視界の隅で動くものがあった。

ゆっくりと……毛布の上に畳まれていた羽の中から、ペネさんが起き上がった。

「ペネさん……？」

「んん……冥賀くん……？」

ペネさんは、僕を見て、にっこりと笑う。

「えへ。おはよう、冥賀くん」

ペネさんのその手には……さっきまではなかった、何枚もの羽根で作られた簡易ガスマスクが握られていた。

「ペネさん……！　やった……！」

「……届いたよ、冥賀くん。それから……手は打っておいたから……」

「え？」

その瞬間だった。

部屋の扉の鍵が、ガシャン、と開いて、ゆっくり誰かが入ってくる。

憎たらしい顔……シェムハザだった。

「……おいおいおい。まだ毒ガスで死んでない？　どういうことだ？」

不思議議がっているシェムハザに向かって……ペネさんが言った。

「……シェムハザ。お前はもう、今度こそ……終わりだ」

「はあ？　なんのつもりでそんな……」

突然、どこからかドッ、ドッ、ドッ、と音がする。

「……これは……」

カーン、と何かが部屋に飛び込んでくる。最初はいきなり、缶ジュースでも投げ込まれたのかと思った。それが閃光弾だと気付いたのは、爆発してからだった。

「……わっ！」

激しい光で目が眩む。

そして、その眩みが落ち着いたころ、なんとか目を開けると——

「無事ですか！　こちら、グリゴリ捕縛班です！」

十数人にも及ぼうとする、ガスマスクまで完全装備したグリゴリの捕縛班が、シェムハザに銃を向けていた。

「……なぜ、お前らがここに」

グリゴリの一人が、歩み出てきて、僕たちの前でガスマスクを取った。

「……よお。あんたらが通報をくれた人？」

輝くような銀髪。ナイスバディ。ガチャ歯。竹を割ったような性格。

そこにいたのは――

「うああああん、サー姉えええ！」

ぺネさんが耐えきれずにサー姉に抱き付いてしまう。

「うわ！　だ、誰だ、あんた!?」

そうか。この時代のサー姉には、まだぺネさんも会っていないのか。

サー姉はどこか恥ずかしそうに頭を掻（か）く。

「……あー、でもなんとなく、わかった。たぶん、あたしとお前は知り合いで、あたしが忘れてるとかそんなとこだろ？　悪（わり）ぃ。あたし、馬鹿だからなぁ」

「いえ、正確には……これから助けてくれるんです」

「？　まあよくわからねえが、あたしのすることなんだからそうなんだろうな」

サー姉も天使の能力を持っているからか、飲み込みが早い。

あるいは……自分の名前を書くことすら怪しいぐらい、知性じゃなくて本能で動いてるサー姉だからこそ飲み込んでくれたのか。

　一方、グリゴリ部隊は、一人の男をすっかり押さえ込んで確保している。

「グリゴリ天使長シェムハザ・ガンドロック。お前を逮捕しろと、天使階級七位、権天使さまの命令が下った。お前を……逮捕して煉獄送りとする！」

「ちくしょお……ちくしょおおおおお！」

　こうして、稀代の悪人『デイモス』こと、シェムハザの野望は未然に打ち砕かれたのだった。

　慌ただしいままに、シェムハザを捕らえたグリゴリ捕縛班の人たちは事務手続きがあるとかで帰っていった。それを見送って、僕たちは一息吐く。

「……終わった……」

「うん。たぶんね」

「これで一件落着だね、ペネさん」

　ここから、さらに三年後。つまり、僕とペネさんの元の時代に帰るのだ。

　僕たちの目の前には、シェムハザが持っていたケージから元のケージに戻した、モルモットの姿がある。これでパンデミックは未然に防がれるはずだ。

「オッケー！　そんじゃお前ら、俺サマーちゃんが元の時代に帰してやるから、ゆっくり眠れ」

「ヴァサゴ。ありがとう、なんだかお前、悪魔なのにいいやつだったな」

僕は、ヴァサゴにグータッチを決める。

「カカカカ！　悪魔に礼を言うようになっちゃ終わりだぜ、人間。とりあえず元の時代に送り返してやるから、先に寝ろよお前ら」

そして、ヴァサゴに見守られながら、僕とペネさんは、頭を向かい合わせて横たわる。

「……じゃあ、ペネさん、元の時代で会いましょう」

その時だった。ペネさんが、やけに深刻な声で言った。

「……ねえ、冥賀くん。最後に、言っておくことがあるんだ」

「どうしたんですか、ペネさん」

「ここで、パンデミックを防げたとするでしょ。そうしたら……元の世界には、わたしはいないと思う。だから……会えるのはこれが最後になるかもしれない」

「え？」

このタイミングで、ペネさんがとんでもないことを言った。

「ま、待ってください、ペネさん！」

「本当のわたしはね、ずっと堕天の『罰』を受けていたままだったんだ。怠惰の罪でね。だけど、パンデミックが始まって、グリゴリの捜査員増員ってことで、やっと許してもらえた。だから、パンデミックがない歴史になれば……たぶん、わたしも冥賀くんの家にはもういないんだ」

「……嘘でしょ？　ぺネさん！　なんでこのタイミングでそんなこと言うの！」

「今までありがとうね、冥賀くん……バイバイ」

「ぺネさん……！　認めないですから！　僕、絶対にぺネさんに会いに行きますから！　どこにいても絶対に絶対に絶対に、見つけに行きますから！」

僕は叫ぶ。いや、叫べていたのかも定かではない。

もう既に、その時ヴァサゴの帰還モードは作動していたから。

僕たちの意識は闇に包まれる。三年後の——元の世界に帰るのだ。

＊　＊　＊

「うーん」

ゆっくり目を開ける。

「……あれ？」

僕は、最初に過去に旅立つ前の教会、そこのベッドに寝かせられていた。そして。

「むにゃ……」

僕の隣には、ペネさんが寝ていた。

よだれを垂らして、幸せそうに。もう見つけちゃった。

「いるじゃん！」

僕がそう叫ぶと――

「うーん……」

ペネさんが、目を覚ます。

「あれ？　冥賀（みょうが）くん」

僕たちは、きょとんと顔を見合わせる。

「……覚えてるんですか、僕のこと？」

「覚えてる」

「……身体（からだ）は？」

「なんともない」

「あ、そうだ、白い服！」

僕たちが着ている白い服は……歴史がどれだけ変わってしまったかのリトマス試験紙代わりになると言われていた。その自分の服を見る。

「白い服、ぜんぜん変わってない……あ」

脇腹の辺りに、ほくろほどの大きさのシミが一つ、できていた。

「ペネさん、これ……」

「そのシミ一つ分、歴史が変わったってことみたい」

ってことは、どうなったんだ？　パンデミックは、起きてる？　悪魔もいる？

その瞬間だった。

「おや、過去での仕事は終わりましたか？」

「!?」

最初、シェムハザが部屋に入ってきたのかと思った。

だが、そこにいたのは――メガネで黒髪の、若い男性の天使だった。

「……あなたは……誰？」

「は？　何言ってるんですか。私は……天使長のガブリエルです。ペネメー、グリゴリでのあなたの直属の上司じゃないですか」

「ペネさんの上司の……ガブリエルさん？」

そんなガブリエルさんにペネさんが尋ねる。

「ガブリエル天使長、わたし、グリゴリではどんな感じで働いてます？　エリート？」

ペネさんがそう言うと、ガブリエルさんは汚いものでも見るような目でペネさんを見る。

「はぁ？　何言ってるんですか……あなた、全然仕事しない問題児じゃないですか……あとでお説教ですからね。覚悟しておいてください」

ガブリエルさんは大きく溜め息を吐いた。

どうやら、この歴史でもペネさんは仕事しないし、しょっちゅう怒られているらしい。

「……歴史が変わっても違う人に怒られるんだ、わたし」

可哀想なペネさん。

その時、僕はベッドのそばにあった机に、一通の手紙が置いてあることに気が付いた。

「……！　ペネさん、これ、手紙……」

手紙をめくると、裏面にはあの下手な自画像。ヴァサゴからの手紙だった。

「ヴァサゴからだ！」

「え！」

「読みますよ、ペネさん」

「うん……」

僕たちは、その手紙を読み始める。

「YO！　人間と天使。元気してるか？　お前らもそろそろ戻ってきた頃か？　ここで一つ、事後報告がある。俺サマーちゃんの都合により、パンデミックにはやっぱり発生してもらうことになった。あ、一つ言っとくけど、それは俺サマーちゃんのせいじゃないぜ。

どっちかっつうと『神』の意向だ。で、それでだな。結論から言う。今、お前らがいる世界は、「シェムハザ」という男が「ガブリエル」という男に変わった、それだけの世界だ。そんで俺サマーちゃんは、【存在消滅】のペナルティを『神』に回避してもらって、脱走して逃げることにした。しかし、そう考えると笑えるよなあ。あれだけ俺サマーちゃんたちを苦しめてたシェムハザの存在が、白い服の黒いシミ一つ程度の存在でしかなかったってのがな。クヒヒヒヒヒ！　ま、そういうわけで……パンデミックは起きた。それが正史だ。もし、お前らがまだ本気で歴史を変えたいなら……俺サマーちゃんを追っかけにくるといい。そういうのも、また結構面白そうだしな！　SEE YA！」

そして、最後に、ヴァサゴ・リスポーンという署名。

その手紙を読んだ僕たちは、顔を見合わせて戸惑う。

「じゃあ結局……僕たちが成し遂げたことは、ほとんどないってことですか？　シェムハザさんが新しい上司、ガブリエルさんに変わったぐらいで……」

「そう、みたい」

はあ、と僕は溜め息を吐く。

ってことは、結局やり直しか。父の捜査も、悪魔犯罪の捜査も——

そこで僕は思い出す。

「そういえばさっきペネさん、しれっとですけど、僕を置いて消えようとしてませんでした？」

「え、いや、その、あれは……」

しどろもどろになるペネさん。

「今までありがとう、バイバイとか言ってましたよねえ」

僕はその頬を両手で掴む。形の良い柔らかな肌がむにゅう、と歪んだ。

「そ、それはね、冥賀くん……いやあ、ははは……」

「……まさか、思ったんじゃないでしょうね。自分がいなくなっても、僕に友達ができるならそっちの方がいいんじゃないかって、自分で勝手に。さすがにちょっと、僕でも怒りますよ」

ペネさんは僕に頬を抓まれたまま何も言わない。

「僕は――僕は。世界中に嫌われてるけどペネさんがいる世界と、みんなに嫌われることはないけどペネさんがいない世界だったら……前者を選びますよ。前者がいいんです。だから――どこにもいかないでください」

僕は、ペネさんの頬から手を放して、あまりきつくならないように、羽ごと包むように、そっと抱き留める。今はまだ、この距離が精一杯だ。だけど……これ以上遠くなってもほしくないから。

「……ごめんなさい」

珍しく、ペネさんが僕に敬語を使ってくれた。だから僕も、ペネさんから手を離して、許すことにする。

「……まあ、いいです。とにかく帰ってこれたんだから。お帰りなさい、ペネさん。これからも――よろしくお願いします」

すると、ペネさんは心の底から嬉しそうに――

「えへへ、ありがとね。ただいま、冥賀くん」

そう言って、笑ったのだった。

エピローグ×隣の部屋のダ天使に、隠しごとは通じない。

うんと昔――僕の母は、まだ幼い僕と妹を捨てて家を出て行った。
母の記憶は朧気にしかなく。妹の真理亜はなおさらだろう。

世界中の誰も僕を愛してくれないのではないか。
そういう恐怖が心の隙間に入り込むことがある。
その恐怖はいつしか、現実に変わった。
世界一嫌われている高校生、なんてあだ名がついた。
世界中の人が僕に牙を剥いて、石を持って投げてきた。

こんな世界を、救うべきなのか考えることがある。
救おうとはした。
パンデミックの前に戻って、半分に減ってしまった世界の人たちを元に戻そうとした。
でも、結果的にできなかった。
そのことについて、自問自答を繰り返す。

僕は本当に「できなかった」のか？「したくなかった」のではなく？

時々、御簾村さんの夢を見る。あの夏祭りの場所で、アスモデウスになった後の御簾村さんの夢だ。

たくさんの死体の前に、僕が立ち尽くしていると、背後から御簾村さんが僕の肩に顎を乗せながら、声をかけてくる。

ほら、君のせいで五百人死んだんだよ。

御簾村さんは、そう言って笑う。

「でもさ、少しだけ——すっとしたところもあるんじゃない？」

「……すっと？」

「ざまあみろって。自分を虐げてた世界に復讐できて。それを、本心では君も望んでたんじゃない？」

「そんなことは——」

「だったら——私たち、共犯だよね。一緒に、気持ちいいことしたんだよね？」

「僕は……僕が？」

「ね？　私だったら、君の心のいちばーん暗い場所、ぜーんぶ理解してあげるよ？　だから、ね——私と一緒に堕ちていこうよ」

そして、御簾村さんが、僕の下腹部に手をかけ――

＊　＊　＊

「……なんて夢だ」

僕は目を覚ましてすぐ、自己嫌悪に囚われる。

まったくの深層心理にもないことは、さすがに夢にも出ないと思う。

だとしたら――やっぱり、僕も望んでいるのか。

世界への復讐を。

「……冥賀くん」

「……ペネさん？」

気が付くと、隣の部屋からペネさんがやってきていた。

「ど――――ん」

「うわっ！」

ペネさんが、嬉々として僕の布団にダイブしてくる。ペネさんは、顔を上げて言った。

「ねえ冥賀くん！　お祭りに行こ！」

「……お祭り？」

　ふと気付いた。ペネさんは、浴衣を着ている。

　あの時、着れなかった水色の浴衣だ。

　その時、スマホが震えた。真理亜からだった。

【兄さん。私がペネメーさんに着付けを教えてあげたんですから、せめて、しっかり見てやってください】

「真理亜……ありがとう」

【トレードオフで兄さんの写真も撮るようにペネメーさんに依頼してあるから、いっぱい被写体になってください】

「……そんなことだと思ったけど」

「行こ、冥賀くん」

　ペネさんは、手を引っ張って僕の身体を起こそうとする。

「……ペネさん、ダメですよ。夏祭りは」

　思い出してしまうから。自分が何も救えなかったということを。そして、人を救おうとしながら、同時に後ろ暗い感情も抱えているということを。だから――

「だから、行くんだよ」

「……え？」

なんで、僕の考えてたことを?

「トラウマを払拭しなきゃ」

ペネさんは僕の顔を見つめて真剣な顔で言う。

「君は五百人殺したんじゃない。あそこの被害だけでアスモデウスを止めたんだ。だから――君が救った人たちを見に、いっぱい人のいるお祭りに行くべきだよ」

……ペネさんは、全部お見通しだった。

僕が今、悩まされていることぐらい。

「……どうして、僕が悩んでいることに気が付いたんですか?」

「わかるよ。だって、毎日一緒に住んでるんだもの。それに……秘密を解き明かすのがわたしの仕事だから」

ペネさんはまた自慢げに胸を張る。

ああ。すごいな。

隣の部屋のこの天使には、隠しごとは何も通じないんだろう。

だけど、それが今はすごく心地よかった。

＊　＊　＊

「よし、行こうか」

お互い浴衣に着替えた僕らは家を出る。

今日行くところはこないだとは別の夏祭りだ。

強い西日が、目の前のペネさんの金髪を鮮やかに染めている。普段の着る毛布と違う、薄い水色の浴衣がとても綺麗だ。

「ねえ、冥賀くん」

「……はい？」

「君が何を悩んでいても……ううん。悩むからこそ、君は人間だよ。誰よりも」

「それなら、いいんですけどね」

「そんな冥賀くんだから……わたしは……わたしは……す……」

「なに？」

ペネさんの声が小さくなってうまく聞き取れない。

「…………わたしも一緒だなって思ったんだ」

そういえばペネさんも、天界からつまはじきにされて地上を彷徨い、つらい思いをしてここにいるんだっけ。

「歩いてこ、一緒に」

ペネさんが僕に向けて、手を差し出す。

「……はい」

MOVID（モービッド）の三年間で色んなものが失われた、とテレビで学者が言っていた。

特に若者は青春のすべてを奪われた、可哀想（かわいそう）だ、なんて訳知り顔で。決めつけて。

だけど、何もかも失われることなんてないよな、と思う。

流転（るてん）していくだけだ。

生きてさえいれば、思い出は、別の思い出に置き換わっていくだろう。

人間存在の本質が、孤独な生の平行線に過ぎないとしても。

君を愛さなかったこの世界を、愛していくことだってできなくはない。

だから僕は今日も、この世界をなんとか歩いていけると思う。

あとがき

砂義出雲です。この度は『隣の部屋のダ天使に、隠しごとは通じない。』をお手にとっていただきありがとうございます。著者は『隣ダ天』って略称を使ってます。天ぷらの仲間みたいな語感で気に入ってます。

本作を執筆したきっかけですが、そもそもミステリっぽい要素が入った作品を書きたいなってずっと思ってたんですよ。ミステリは確実に自分を形成したジャンルの一つなので。そしたら、最近ちょっとラノベ界でミステリっぽい作品が流行ってる感じあるじゃないですか。乗るしかねえこのビッグウェーブに！　と思って企画を出したら無事に通ったので書けることになりました。ありがたいことです。時代が来るのを待った甲斐がありました。とはいえ、ただのミステリというより、無茶なトリック、可愛いヒロイン、ラブコメ、ギャグ、特殊能力、エモ、ＳＦなど自分の好きなものを節操なく詰め込んだ一作になった気はしますが……。そのぶん、個人的には過去の自作中でもトップクラスに満足感が高い一本になりました。新たな自分の代表作になるんじゃないかなって思ってます。

ちなみに、人類の半分が死んでいるという設定に、制作過程で「リアリティがないのでは？」という意見もあったのですが、それには「大丈夫、ア○ンジャーズで似たようなことやってたから！」と答えました。あれが大丈夫ならこっちも大丈夫だろの精神です。よく成立したよねあの社会。

さて、謝辞です。まず全てを差し置いて主張したいのですが、かるかるめさんのイラスト、ヤバすぎないですか？　表紙絵を見た瞬間ぶっ飛びました。「このラノベ、伝説になる……」と思ったね。著者特権で、本書発売前から表紙イラストをスマホの待ち受け画面にしてるんですが、明らかに生活の幸福度が上がるのがわかるんです。何時間でも見ていられる。思わず「これが、丁寧な暮らし……？」って呟いてしまうほど。皆さんも是非お試しください丁寧な暮らし。そんなペネさんを生み出す手伝いをしてくださったかるかるめさん、本当にありがとうございます。何卒今後もよろしくお願いいたします。

その他、何かと尽力してくださった担当編集様や関係者各位にも最大限の感謝を。

最後に、本作のサブテーマについて少々。本作は砂義作品でも屈指の過酷な設定になっていると思います。人々の悪意も強いし。それは闇が深いからこそ表現できる光を求めてというか、結局コロナ禍以後、世界が良くなっているようには僕はどうしても思えなくて。それでも若い人たちに「大変な時代かもしれないけど、たぶんなんとかなるよ」ってエールを送りたかったんですよね。届いてくれる人が少しでもいたらいいな。

そしてもし気に入っていただけましたら、よろしければ本作をインターネットや各種アンケートなどでも強く応援していただけたらより嬉しいです。まだ本作のキャラクターで書きたいお話がたくさんあるので……。それでは、またお会いしましょう。

MF文庫J

隣の部屋のダ天使に、隠しごとは通じない。

2024年 1月25日 初版発行

著者 砂義出雲

発行者 山下直久

発行 株式会社 KADOKAWA
〒102-8177 東京都千代田区富士見 2-13-3
0570-002-301（ナビダイヤル）

印刷 株式会社広済堂ネクスト

製本 株式会社広済堂ネクスト

Printed in Japan　ISBN 978-4-04-683235-1 C0193

◇◇◇

【 ファンレター、作品のご感想をお待ちしています 】
〒102-0071 東京都千代田区富士見2-13-12
株式会社KADOKAWA　MF文庫J編集部気付「砂義出雲先生」係「かるかるめ先生」係